偶然入った福岡の屋台。
頬を赤らめた６人の作家が話をしている。
甘いだけじゃない、ぴりからな話。
さあ、彼らの隣の席にどうぞ。

はじめに

「この企画、面白いねー」

堀江貴文さんがニヤリとしたとき、あ、これはいいものになるぞと直感しました。巻頭で、いきなり秘密をバラしてしまいますが、この小説にはしかけがあります。

「福岡を舞台に、小説を書いてください」

それまで無表情でスマホをいじっていた堀江さん。顔を上げたのがこちら。

「前と後の物語で、つながるしかけにしたい」

たとえば堀江さんの小説の主人公が、次の田中さんの小説ですれ違うといったような。小さなつながりを全小説に。それぞれの作家が自分の好きなことを書きつつも、各ストーリーにゆるいつながりをつくりたい。そんなことを話しました。

堀江さんは、歴史小説を書くと言っていました。昔、福岡で種族をめぐる大きな戦争があり、その爪あとが現代、首のない石像として残っているというもの。そして完成したのが……、

『1991年　俺のDESIRE』
いやいや、完全に現代じゃないですか！　高校3年生の物語。読み進めていると、あれ、これってもしかしたら堀江さんの高校時代の体験なのでは?!　主役は、堀江さんと同じ福岡県の八女市出身だし。もしそうだとしたら、そうとう赤裸裸。

田中里奈さんの作品は、いい意味で、私が一番期待を裏切られたものでした。モデルをされている里奈さんに、文章力を想定してなく（里奈さんごめんなさい）。それが、圧巻のクオリティです。担当編集者が、「6人の中で、一番よく書けている」

と太鼓判をおしたのも納得。可愛くて、小説も書けてって、どれだけ天は人をひいきするのだと、ジェラシーの炎を燃やしました。いつもは写真で見ることが多い里奈さんですが、その頭の中、新しい一面が文章で垣間見えます。


鈴木おさむさんにキャッチコピーを贈ったことがあります。

「好と奇と心。鈴木おさむ」

才能と人に好かれ、瞳の奥にドキッとするような奇な一面をもち、でも圧倒的にあたたかい心をもつ。おさむさんの小説はまさに、読む人の好奇心を炸裂させるものです。

読んでゾクッとしたフレーズがあります。女性の哀愁と生々しい本能。どうやったらおさむさんは、こんなコトバを生み出せるのでしょうか。「人を恋するというのは、その人のモラルまで動かす。正義感まで壊すことができる。なに？　恋って」

坪田信貴さんは、あのスーパーベストセラー「ビリギャル」の著者。ビリギャルを読んで泣いた人もいるでしょう。坪田さんの文章は、体温に近いあたたかさがあります。人間のいい面もそうでない面も赤裸裸に描かれ、そして、ものすごく愛おしい。今回の小説も、読んでいて昼間のオフィスにいながら涙が出てきて、慌てました。こんな小説に人生で何度であえるのでしょう。

主人公の和美が、父の部屋に入るところからが注意です。涙を見せていいよう、読む場所を選んでください。

小林麻耶さんは、ぶりっ子と呼ばれていますが、お会いしてみると、とても誠実な方で、世間のイメージとの差にびっくりします。この小説についても、一度書いたストーリーが「納得いかない」と、寝る時間を削って全面的に書き直して完成させました。きっとこの「ぴりから」の執筆に一番時間を使ったのは麻耶さんだったと思います。

完成したのは、アナウンサーの話でした。コトバの細部に麻耶さんの丁寧さや、思いやりの深さを感じることができます。そして読み進めると、あれ？　これ固有名詞は違うけど、麻耶さんのお話なんじゃ？　と。

私、佐々木圭一は、ビジネス書『伝え方が9割』を出してから困った質問をされます。それは私が失言したとき。

「え、今の話、伝え方が何割くらいですか？」

こう質問される。いやいや、人ですからミスはしますって。私はそんなとき、

「伝え方が1割でした」

と汗をかきながら話します。今回の小説は、そんな失言連発の男のス

トーリー。

小説といっても、ちょっとチャレンジがあって、小説を読むだけで伝え方も学べてしまうという、そんなストーリーを目指してみました。

さあ、個性豊かな作家が紡ぎ出した、ちょっとぴりからな小説を、ご堪能ください。

私の福岡物語

ぴりから

目次

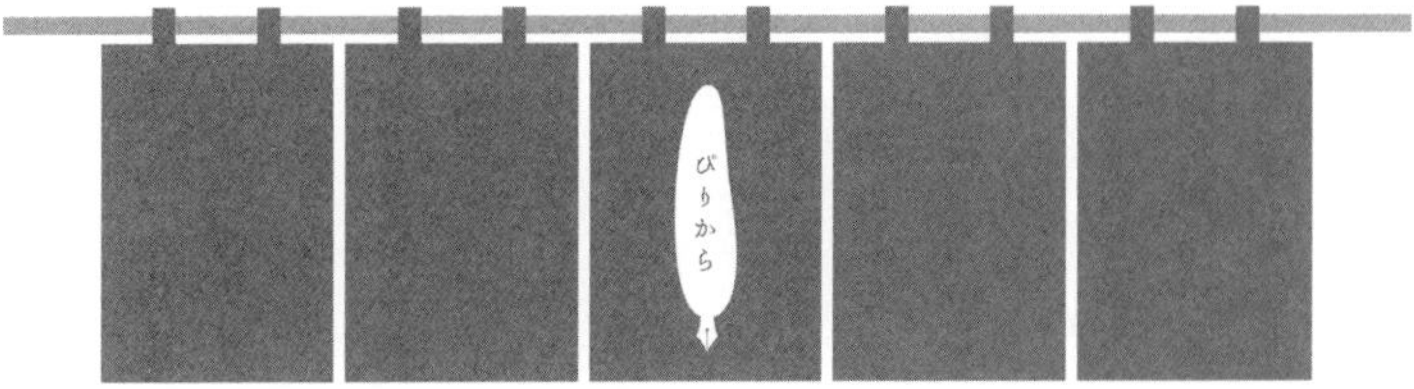

〔第1話〕

1991年 俺のDESIRE

堀江貴文

生まれた町から巣立っていく日がもうすぐ来そうな、あるいは来ないかもしれない微妙な感じの日々。これが俺たちの世代の地方出身者に共通する感覚だろうか。

全国的に言えば全くと言っていいほど知名度のない町、八女市。俺が生まれた町だ。やめし、と呼ぶと言わないと読み方がわからない人も多いだろう。そんな町で俺は育った。勉強だけはダントツにできるほうだったが、小学校1年生の頃は後ろから3番目に並ぶくらい背が高かったものの6年生では真ん中くらい。運動も中の下くらいしかできない、容姿も普通の男の子だった俺は、時には親の金を拝借してゲーセンに通うような悪事も働いたけど、反抗期らしい反抗期も特になく、特に目立つこともなく、普通に成長していった。

団塊ジュニアという珍妙な記号をつけられた1970年代前半生まれの世代。進学校に進んだ俺たちの目標は上京して大学に入ることだ。なんせ真面目な同級生の南くんなんか中学校に入ったばかりの頃から「理系にいくと？ 文系にいくと？」とか聞いてくるくらいだ。田舎の進学校はなぜか丸刈りの男子校しかなく、ちょうど思春期に差しかかる俺たちは女子と付き合いたいという欲望で頭を一杯にさせながらも、悪友のアベちゃんがどこからともなく持ち込んだ裏ビデオ、それも数十回とダビングされたであろう、擦り切れんばかりの映像を見ながら、覚えたばかりのオナニーで欲望を発散させるしかなかったのである。

　大晦日の夜、束の間の休息を得た俺たちはこれっぽっちも信じていないくせに「学問の神様」である菅原道真公を祀る太宰府天満宮に受験必勝祈願に来ていた。西鉄大牟田線から太宰府線に乗り換えると既に大混雑だ。普段は自転車通学だから満員電車なんて経験したことがない。もしかしたら東京ではいつもこんなに混雑しているのだろうか、そんなことをちょっとだけ思いながら電車に揺られ太宰府駅に着いた。

参道からは美味しそうな甘い香りが漂ってくる。俺は和菓子の甘いアンコは好きではないんだが、この「梅ヶ枝餅」だけは別だ。

　太宰府天満宮に祀られている菅原道真公は京から左遷されて大宰府

〔第1話〕1991年　俺のDESIRE

ぴりから

堀江貴文

に着いたのだが、その落ち込んでいる道真に老婆が元気を出してほしいと梅の枝を添えて餅を差し入れた逸話が元になっているという。古くは味噌餡の焼き餅だったらしいが、小豆餡が手軽に手に入るようになってから今の形になったようだ。焼きたての香ばしさでアンコのしつこい甘さが緩和さ

れるというか、とにかく甘いものが苦手な俺もこれだけは2個3個とついつい手が出てしまうのである。太宰府天満宮に向かう参道では1個単位で焼きたてを頬張れるから、この日もついつい1つ70円の梅ヶ枝餅を友達と一緒に購入した。

かじかむ両手に餅のほっこりした温かさが染みてくる。このギャップがなんだか師走の慌ただしさの一服の清涼剤のようだ。俺たちは餅を食べながら天満宮の鳥居をくぐった。

太宰府は小学校の社会科見学でも訪れる定番スポットだ。先述した学問の神様菅原道真公が左遷されたことで全国でも有名だが、古代大和朝廷が西方の守りを固めるための出先機関として設置したのが始まりで今でもその遺構が残っている。天満宮は菅原道真公の死後、彼を祀ってつくられたといわれており、九州全域から受験生が合格祈願に訪れる。普段は神様仏様なんて信じないと嘯《うそぶ》く俺も藁にもすがる思いでお参りにきたというわけだ。というのは建前で受験勉強に没頭していたこの半年では久々の息抜きタイム、友達と天満宮参拝を口実に集まっただけなのである。

古くから神社の参拝は庶民のレジャーに利用されていたという。イスラム教徒のメッカ巡礼も日本のお伊勢参りも信仰という真面目な目的を隠れ蓑にして長期休暇を楽しむためのものだったそうだ。先達と呼ばれるお伊勢参りの案内者はツアーコンダクターの元祖だという。

昔も今も人々が考えることは同じなのだ。

ともあれ、俺たちは太宰府天満宮参りをサクッと完了した。お賽銭もいつもの小銭と違いお札を奮発した。といっても高校生の経済力ではお賽銭に福沢諭吉を入れることはできず、夏目漱石止まりだったのだけど。それでも俺としてはかなり頑張ったほうだ。しかし、親父が手広く飲食店を経営している長野くんだけは福沢諭吉をさらっと賽銭箱に入れていた。経済力の差が神頼みで受験の合否に関係するとは思えないけど、地獄の沙汰も金次第って言うしなあ。なんとなく心がざわつくのだ。長野くんは小学校の塾からの長い付き合いなんだけど、彼にはよくしてもらったなあ。なんというか半分お金の付き合いといいうか彼の自宅の豊富なマンガの蔵書、最新のゲーム機やソフトのライブラリー（当時アーケードゲームが遊べるX68000や専用コントローラーまで備えていた）目当てで仲良くしていたのは否めない。彼の自宅の屋根裏は徹マン部屋で、お母さんには夜食を用意してもらって泊まりがけでよく麻雀をしたものだ。単位が足りなくて卒業が危ぶまれた彼のレポートを1万円のギャラをもらって書くのは俺が大学に合格した後の話だ。

お金持ちに生まれた彼を素直に羨みながらも彼を利用する狡猾さも俺は持ち合わせていた。劣等生な彼はどんな人生を歩んでいくのだろうか。親父は実家の寿司店を継いで地元では有数の飲食店チェーンに成長させたやり手なのに、息子には医学部に入れと言っているらしい。絵がうまくてアニメが得意な彼なので、絶対代々木アニメーション学院に入ったほうがいいのに、と俺たちは彼がいない所で囁き合っていた。親たちの世代からしてみればアニメなんて子どもが見るもんだ、アニメ関連の仕事なんてとんでもない、といった印象なのだろうなぁ……。家では彼は口が裂けてもそんなことは言えないだろうな。

境内を見ると多種多様な絵馬が鈴なりに吊るされている。中には怨念を感じるかのような気合の入った絵馬も散見される。俺たちは絵馬をスルーすることにした。いつもよりかなり多めのお賽銭で十分だと思ったからだ。そのまま遊びに行こうと思ったのだが、俺たちは男子校のピュアな（おそらく全員が童貞の）高校生。道行く女子高生らしい同い年くらいの受験生たちに声をかける勇気は誰も持ち合わせていない。

そういえば一昨年の夏、同じメンバーで海に遊びに行ったっけ。その時も海で遊んでいる女子だけのグループに声をかけたいと全員が思っていたけど、誰一人として先陣を切る勇気のある者はいない。結局じゃんけんで選ばれたヤツですら、声をかける勇気を最後まで振り絞れず、俺たちは男だけで寂しいバーベキューをしたもんだ。女なんていらねーよって強がりながら。今だから言えることだが、コンビニでワインを買ってみんなで酔っ払った。どうしてワインかって？　ビールが苦くて飲めなかっただけだ。中途半端に大人に憧れ、女子に希望を抱き、さっぱり行動が伴わない田舎者の高校生、それが俺たちなんだ。

太宰府天満宮の混み合う参道を抜け俺たちは西鉄電車でとりあえず天神に向かうことにした。天神に行けばどこか遊ぶ所があるだろうという行き当たりばったりの行動である。幸い大晦日だけは終夜電車を運行しているという。とはいえ先立つものもそんなに多くない。ついさっき夏目漱石を賽銭箱に入れたばかりだ。遊びの選択肢は限られている。「カラオケ行こうぜ」

こんな時に真っ先に声を上げるのがアベちゃんだ。つい数年前から普及したレーザーディスク（ＬＤ）。家庭用の映像再生メディアとしては値段が高く、全くと言っていいほど普及しなかったが（お金持ちの長野くんちには当然あった！）、レーザーカラオケという新たな需要をつくりだすことに成功し全国で急速に盛り上がりつつあった。

「よかね〜」
「俺歌いたい新曲があるとよ〜」

人数プラス時間制のカラオケボックスは明朗会計で俺たちにとってはは都合がよかった。天神のような都会では雑居ビルの中に入居しているのだが、俺の実家のある八女市などではロードサイドに使われなくなった鉄道コンテナを並べてカラオケボックスにしてあった。それでも需要に供給が追いつかない有様。田舎のロードサイドにはカラオケボックスが立ち並ぶようになっていた。
『いかすバンド天国』、略してイカ天が創りだしたバンドブームはイカ天出身のアーティストだけにとどまらなかった。ザ・ブルーハーツやX JAPAN、BOØWYなど人気のあるバンドは枚挙に暇がない。俺たちの仲間もみんなその辺の歌を何度も聴きこんで覚えていた。アベちゃんなんかはカラオケボックスに入った瞬間、歌本とにらめっこだ。

俺はといえば女性歌手の歌が好きなのだが、声変わりをした身には女性ボーカルのキーは高すぎてとてもじゃないけど声が持たない。メインストリームカルチャーに素直に迎合することができない、俺のネジ曲がった性格のせいでカラオケボックスでもみんなに合わせることが不可能な不器用さ。もし受験で女子もいる大学に受かったとして俺は大丈夫なんだろうか。みんなとうまくやっていけるのだろうか。

メインストリームカルチャーに素直に迎合できないくせに、みんなに注目されたいだなんて都合のいいことを考えてる。俺はまた酒の力を借りることにした。もう高校3年生だ。大学1年生と区別はつかない。どうせカラオケボックスなんてバイト学生が注文取りにくるんだろ。平気平気。

「大坪、お前ビールは飲まんと？」

お調子者のアベちゃんが俺に突っ込んできた。子どもの頃親父のビールの泡だけを飲んだことはあるが、ビールを1杯まるまる飲んだことはない。なんであんな苦いアルコールを好んで大人は飲むのか俺には理解できなかった。親に隠れてこっそり飲んでいたアルコールはせいぜいワインくらいだ。あとは冠婚葬祭や祭りの打ち上げで大人に面白がって日本酒を飲まされたくらい。苦いお酒を飲みたいなんて奴はバカだくらいに思っていた。大人なイメージのビールをお前は飲めないのか？　子どもだなあ……。ってアベちゃんに見透かされてるみたいでちょっと腹が立ってきた。

「飲むに決まっとるやろ」

飲んだこともない生ビールのジョッキを注文してしまった。生ビールなんて現物を見たこともない。うちの親父が飲んでいるのはいつもキリンビールの中瓶だ。店員が人数分の飲み物を部屋の中に持ってきた。

「かんぱーい」

高校生のくせにビールで乾杯。もうすぐ大学生だから、大学生は普通にみんな飲んでいると思えば罪悪感も少ない。

（にが！）

俺は心の中で呟いた。なんで大人はこんな苦いもんを飲むんだろう。理解不能だ。だけど、そんなことは口には出さない。

「ぷはー！　うまかね〜」

とビールのＣＭで見たような美味しそうなリアクションをとりあえず取ってみた。仲間内でかっこ悪いことはしたくない。いかにもビールを飲み慣れているようなリアクションが必要だ。しかし、飲んでいるうちに酔っ払ってきてビールの苦さをだんだんと感じなくなり、なんだか美味しく思えてきた。調子にのってお代わりを頼んでいる俺がいた。

高校生の男だらけの忘年会兼受験の決起集会。女子はもちろん一人もいない。彼女がいそうなメンツでもないし、そもそもロクに女子と交流していないから会話にも女子に関するネタが上がってこない。もちろん欲望はある。セックスしたことはないけどものすごくしたいと思ってる。俺たちもいつかは初体験の経験談を自慢げに語ったり、合コンしたりするのだろうか。合コンってどうやってやるんだろうか……。そんな妄想をふくらませていたら、アベちゃんが俺に曲を選ぶように促してきた。

「大坪はなんば歌うと？」

正直流行っていたバンドの歌は全く覚えていないから歌えない。

（どうしよう……）

当時のアイドル歌手といえば、アイドルっぽいキョンキョンこと小泉今日子派か歌唱力に定評のある中森明菜派で好みが大きく分かれていたように思うが、俺は断然中森明菜派だ。歌唱力もさることながら、あのなんとも言えない陰のある雰囲気が気に入っていた。

男性ボーカルの歌はあまり知らなかったが何度も聞いている中森明

菜の歌なら多少キーは高くとも歌えそうだ、と思って歌本を調べていると、ある曲に目が留まった。
気づくと俺はその曲「ＤＥＳＩＲＥ」をリモコンを使って入力していた。

「やり切れない程　退屈な時があるわ」

運悪く田舎に生まれた俺には、ずっと東京への憧れがあった。いや東京でなくともいい。もっと刺激的なことがしたい、とんでもない奴らととんでもない話をずっとしていたい。そんな欲求―ＤＥＳＩＲＥ―に駆られていたのだと思う。

マイクを持った俺は酔った勢いで激しい歌い出しから、絶叫の連続だった。

仲間たちはあっけに取られて俺を見ている。

最初から最後まで絶叫で貫き通す。顔からは汗が吹き出し、最後には喉がカラカラになって掠れている。

歌い終わって放心状態の俺の隣へ唐突に南くんが目をキラキラさせながら近寄ってきた。

「俺パンクバンドやりたかっちゃけど、一緒にやらん？」

俺たちがカラオケボックスを出る頃には、新年の荘厳な紺色の空が広がっていた。もうすぐ初日の出だ。俺たちのほとんどはこれから東京や大阪へ旅立っていく。希望に満ちた未来が広がっているのだろうか。それよりなにより受験は成功するんだろうか。もう2週

間もすれば共通一次試験改め大学入試センター試験が始まる。それぞれが複雑な想いを抱えながら帰路についた。

俺は見事東京大学に合格して大晦日から3ヶ月後に上京した。新歓コンパでも合コンでも中森明菜の「DESIRE」を歌って見事にドン引きされた。

そしてまたパンクバンドに勧誘された。

十数年後、この時の「DESIRE」に込められた行き場のないエネルギーが、パンクバンドとは違った形で日本社会に大きなインパクトを与える大爆発に発展するとは思いもよらなかった。

びりから

格言

いい意味でも悪い意味でも
自分が世界の中心だって
錯覚できる
パワーがあるのが、
若さの特権というやつだ。
たとえ幻想であっても
それでいいのだ。

profile

堀江貴文

ほりえたかふみ

1972 年、福岡県生まれ。現在はロケットエンジン開発や、アプリのプロデュース、また予防医療普及協会の理事として予防医療を啓蒙するなど様々な分野で活動する。会員制オンラインサロン『堀江貴文イノベーション大学校（HIU）』では、2,000 名近い会員とともに多彩なプロジェクトを展開している。著書に『ゼロ』『多動力』『健康の結論』その他詳細は horiemon.com。
Twitter アカウント　@takapon_jp

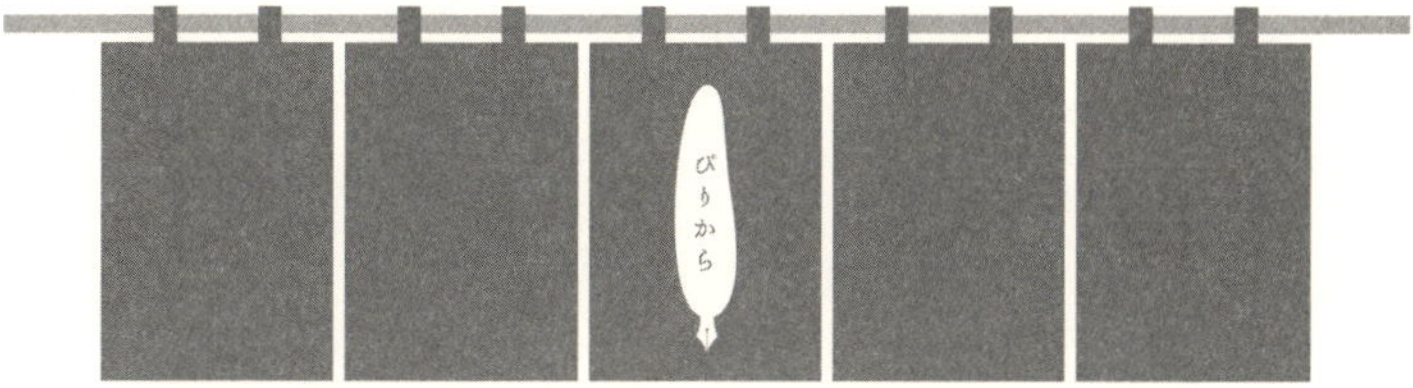

〔第2話〕

とこやさんの魔法

田中里奈

幼い頃、自分が眠ると世界中の何もかも、全てが一緒に眠ると信じていた。

寝る前に母が絵本を読んでくれる時間が終わると、私は布団にもぐり込み、母の体に身を寄せながら、絵本の向こう側に広がる世界を想像した。

その世界では、私は時にカラスのパン屋さんで働き、時に継母に妬まれる美しいお姫様になって白馬の王子様に助けられ、たまに森の中の小さな家で暮らす幸せな家族の一員にもなった。勇敢な勇者になって冒険をしたこともある。

動物たちはいきいきと喋り、植物は動き出す。そして自分勝手で都合のいい妄想物語は際限なく繰り広げられた。まるで自分がその絵本の主人公……というよりも、万物を操る神様になったかのように。

お風呂の余韻の残る火照った体が心地よく、母のシャンプーの香りがふかふかの布団と共に私を包み込む。気がすむまで想像し終えると、一気に睡魔の波が押し寄せるのがお決まりのパターンだ。

私がまぶたを閉じかけると、家の外のあかりは徐々に消えていく。どこかの遊園地のあかりも消え、観覧車もメリーゴーラウンドも陽気な音と共にゆっくりと動きが止まってしまう。海外の賑やかな街（今思うと、それはいつかテレビで見たラスベガスだったのかもしれない）の車も次第に停まり、街のあかりもどんどん消えていく。そうして隣で寝かしつけてくれている母も、さっきまでテレビを見ていた姉も、そういえばまだ仕事から帰ってこない父も、誰もが眠りにつき始め、世界中の全てのあかりというあかりが一気に消えて真っ暗な夜になったところで、最後にエジプトのラクダまでもが眠りに落ちる……というところを想像しながら、幼い私はまぶたを閉じた。

これを想像だと疑ったことは一度もなかった。

あの頃の私には、想像の世界が手を伸ばすと届きそうなくらい、身近な場所にあった。

「香純、髪を切ってもらいたいんだけど」

姉の小百合が急に連絡してきたのは、先週の土曜日のことだった。

私は生まれ育った福岡で美容学校に通いそのまま就職し、7年前の20歳の頃から、一人暮らしをしながら大名の美容院で美容師をしている。おしゃれな店が集まる土地柄もあって、今の私のお客さんは流行に敏感な若い女性が中心だ。予約もそれなりに絶えないことを考えると、順風満帆な美容師生活を送っている。しかし、ゆくゆくは地元の美容室で、友達やその子どもたちの髪を切りながらのんびり暮らすのもいいな、と心の中で考えていた。

一方で姉の小百合は大学から地元の福岡を離れ、もう13年も東京に住んでおり、大手の出版社でバリバリ働いている。姉は年に一度福岡に帰ってくればいいほうで、母が言うには休みがあれば旅行に行ったり習い事に通ったりと忙しくしているらしい。彼女は彼女のやり方で人生を謳歌しているようであった。

姉から私に連絡がある時は、たいていお祖父ちゃんの具合はどうだとか、お母さんとお父さんの結婚記念日の贈り物はどうしようとか、そういう家族の業務連絡的なことが多い。というか、むしろそれぐらいしか連絡はない。

美人でしっかり者の姉は、昔から近所でも評判で、勉強もよくできた彼女がワセダダイガクという大学に行ったのは、父と母の喜びようを見る限り、当時はとてもすごいことのように思えた。

あんなお姉ちゃんがいていいね、と言われるのは日常茶飯事で、それに対して嫉妬めいた感情は全くなく、むしろ誇らしかった。確かに姉は、世間の誰もが憧れるような女性だったのだろう。いつも笑顔で人当たりもよく、何でもそつなくこなす姉を私の親友が「小百合ちゃんは少女漫画に出てくる、女の子の理想が詰まったキャラクターみたいだね」とよくたとえたものだ。

5つ歳の離れた姉は私に優しく、よく世話もしてくれたし、色んなことを教えてくれた。私はそんな姉が大好きで、子どもの頃は、金魚のフンのようにいつもくっついて回った。

しかし、姉が東京に行ってからは、自然と連絡をとらなくなっていった。

確かに寂しい気持ちもあった。だけど、私にとってこの流れはごく自然なことだった。

常に真っ直ぐに前を向き、自分の道を突き進んでいた姉。そのペースについていくのは容易なことではないということは、近くで見ていた私が一番よく知っていたからだ。

「いいよ、いつでも髪切ってあげるよ。お姉ちゃんいつ福岡帰ってこれると？」

私は突然の姉のお願いに少し驚いたが、電話越しに動揺が伝わらないように、平静を装って答えた。いかにもなんでもないふうに。嬉しいとかそういう感情ではなく、姉からの突然のお願いに、ただただ驚いたのだ。

これまでそんなことを頼まれたことは一度もない。いつも東京の有名店で髪を整えているはずの姉が、どうして急に福岡の私のところなんかに？

そんな私に一切気づかない様子で、姉は答える。

「うーん。来週かな。仕事は有休をとるから、いつでもいい。香純に合わせるよ」

そして本当に、その3日後に姉は私の店にやって来た。東京からおしゃれな手土産を持って。朝早い飛行機で来たらしく、開店とほぼ同時に店のドアが開いた。

アシスタントにシャンプーされながら、話が盛り上がって無邪気に笑う姉の姿を遠目で見ながら、私は一度軽く深呼吸して気持ちを整えた。どうしていきなり福岡に帰ってきたんだろう。いつも見慣れた店内に突如現れた姉という存在が、私をドギマギさせた。


「お姉ちゃん、髪どういう感じにする？」

ケープを巻いた姉に、私は鏡越しに尋ねた。

「んー、ちゃんと決めてはないんだけど、ばっさりいきたいんだよね。どんな髪型が似合うと思う？」

姉は胸の下まで伸びた髪の毛を触りながら、視線を自分の毛先から鏡の中の私へとゆっくり移した。視線の移動と同時に、うつむいていた彼女の長いまつエクがかすかに揺れる。久々にちゃんと見る姉の顔は、女性らしさが増していて、迂闊にもドキッとした。

「じゃあこれくらい？？」と鎖骨の下あたりに毛先を持っていく。

「ちょっと中途半端じゃない？」と姉。

「え、じゃあもう少し切る？　これくらいとか」

「これくらいでもいい気がしてきた。どう？」

姉が手で示したのは、ちょうど顎の下あたり。思っていたよりもかなり短い。

姉は長い髪を随分持て余していたのか、はたまた思いきりイメチェンしたかったのか、かなり短くすることに決めた。

姉の髪を切りながら、私は色々考えていた。

客から長い髪をバッサリと切るオーダーを受けるのは、私を信頼して全てを委

ねてくれてるみたいで嬉しいものだが、姉の髪となると少し緊張した。彼女の性格を表すような、真っ直ぐでしなやかな髪の毛は、相変わらずとても綺麗でよく手入れされており、バッサリ切るには少しもったいない。

「ねえ、あれ思い出さない？」ふいに姉が聞いてきた。

「あたし昔絵本に影響されて、香純の髪の毛思いっきり切ったことあるよね」

「あるある！　懐かしいな～」

もちろん覚えているに決まっていた。

『たぬきのとこやさん』というその絵本は、その昔、姉が幼稚園のお誕生日会でもらってきた横長の判型のもので、姉が一番気に入っていたものだ。そして姉が大きくなると、その絵本は妹の私へと引き継がれた。

絵本によくある題名そのままの内容で、たぬきの床屋さんが、幸せや喜びを願いながら、森の動物たちの髪の毛を切る、というお話。ただ特徴的なのは、たぬきの床屋さんは髪の毛だけではなく〝いかり〟や〝かなしみ〟なんかも切ってあげることができて、お客さんたちをどんどん幸せにしていくのだ。

私にとって、母が読み聞かせてくれるそれよりも、姉が読んでくれるのが好きな唯一の絵本だった。

姉が10歳で、私が5歳のある日のこと。

私は友達のタクちゃんにお気に入りの人形を壊されて、家に帰ってからもずっと泣いていた。いつもはおやつを食べれば悲しいことなんて忘れるのに、その日

の私は感情のスイッチが壊れてしまったのか、なかなか泣き止むことができなかった。

私がリビングでしくしく泣いていると、「お姉ちゃんが香純の〝かなしみ〟を切ってあげる！」と、姉が使い古した文房具のハサミを持ってきた。

結果をあらかじめ言っておくと（言うまでもないが）、私は前髪も横の髪もざく切りの、まさにヘルメットのような頭になった。

今思うとぞっとする髪型で、母には呆れられ、仕事から帰った父には大笑いされた。この話は我が家の笑い話として後に語り継がれることになるのだが、その時、当の本人たちはあっけらかんとしていた。2人は真剣だったのだ。

髪を切っている時、姉はとても静かで、まるで神聖な儀式をしているみたいだった。ゆっくり動くハサミを通して、私の悲しみを消したいと思う姉の気持ちが痛いほど伝わってきた。子ども部屋には2人の息遣いだけが響き、じゃくっと音がするたびに、私の髪の毛がパラパラとカーペットの上に落ちていった。その髪の毛たちが、私には〝かなしみ〟にしか見えなかった。実際に、髪を切り終えた頃には、さっきまでとりついていた悲しい気持ちは、本当にどこかに消えてしまっていた。

あの時、姉のハサミには、たぬきの床屋さんみたいに本物の魔法の力があるのだと、本気で思っていた。

絵本の内容を思い出し、私は一瞬手を止めた。そして、たぬきの床屋さんになったつもりで、姉の幸せを願いながら、改めてハサミを動かし始めた。目の前の明るい彼女からは全く想像がつかない。でも、もしそこに悲しみや苦しみなんかもあるのなら、一緒に切り落としてしまおうと。

髪の毛を切られながら、姉は微笑んでいた。時折パラパラと落ちていく髪の毛を眺めて何か考え事をしていたようだが、鏡越しに目が合うと、何もなかったようにニコリと笑った。

「あの動物の床屋さんの絵本、まだ家にあるんだっけ？」

「あるある！　この前実家に帰った時、私の部屋の本棚にあったよ」

「まだあるんだ！　香純によく読んであげたよね〜。それにしても、まさか大きくなってから、逆にあたしが香純に髪を切ってもらうことになるとは……」

一瞬間が空いた。

「ぷぷっ！」

あの時のひどい散切り頭を思い出したのか、鏡越しに目が合うと、2人同時に吹き出した。

仕上がったショートヘアは、元々整っている姉の顔立ちを更に引き立てた。鏡を見る本人も、まんざらでもなさそうだった。

「やるじゃん、香純〜！　さすが、昔のあたしとは違うねぇ」

「そうだよー。だって私、プロだもん」と私が得意げな顔をして見せると、

「だよね。ごめんごめん。香純さまさまだよぉ。あーー、香純のお陰ですっきりしたーーーーー！」と言いながら、姉はうーんと気持ちよさそうに、天井まで手が届きそうなくらい大きな伸びをした。そして、夜にまた会う約束をして、はつらつとした笑顔で店を出て行った。


姉が帰った後の店内は、静けさを取り戻した。いや、営業中の店内だから、全然静かではないのだけど。夏休みに子どもたちが遊びに来て賑やかだった家が、子どもたちが帰った途端、急に静かに感じる。

そんな物寂しさと似ている。炭酸の抜けたソーダみたいな、どこか物足りない感じ。

しかし、あと1時間もしたら、いつもの店内になるだろう。今日は予約が少ないから、早めに上がれるかな。

夜に私のお気に入りの店で待ち合わせた時、既に姉は少しお酒が入ってご機嫌な様子だった。

「遅くなってごめんね！　結局急に混んじゃって、待たせちゃった」とコートを脱ぎながら謝る私に、姉は、

「いいよいいよ、気にしないで。あたしはあたしで一人で満喫してたから」とほんのり赤らんだ顔で言った。

お酒を飲むとすぐに赤くなるのは父親譲りで、私もお酒を飲むと同じように赤くなる。姉はその日、福岡の街を歩き回り、待ち合わせの時間が遅くなるとわかってから、友達の営むお店で一杯ひっかけた後、ここで私と合流したようだ。

私たちは美味しい炊き餃子を食べながら、久々の2人の時間を楽しんだ。

いつもの家族の業務連絡のような話から始まり、昔からの友達が今どうなってるとか、2人の小さい頃の話とか。

時間が経つにつれて、姉は今まで聞いたことのなかった話をしてくれた。家族や学校に内緒でライブスタッフのバイトをした話や、高校生の時に好きだった人の話、東京の話なんかも。この前行った合コンの二次会のカラオケで、母が好きだった中森明菜の「ＤＥＳＩＲＥ」を叫びながら歌う人がいてドン引きした、という話は特に盛り上がった。そんななんていうことのない会話が、２人の距離を子どもの頃以上にぐんと近づけ

た。

姉は相変わらず表情豊かに喋る。昼に店に来た時は目に留まらなかったが、彼女の目の横にある笑いじわが、いつのまにか昔より深くなっていた。それにふと気づいた時、時の流れと私たち姉妹が歳を重ねたことを感じて少し寂しさを覚えたが、それ以上に、彼女が笑って過ごしてきた証拠がそこに刻まれてる気がして、私は少し嬉しくなった。

久々の福岡の街は、姉の心を開放的にさせたらしい。たまに帰ってきても実家に直行するか友達とご飯に行くぐらいしか行動していなかったので、今日みたいに昼間から街を歩くのは彼女にとって久しぶりのことだったようだ。

実際、ここ何年かで随分お店も街並みも変わった気がする。ずっと住んでいる私ですら思うのだから、姉にとってはさぞかし懐かしさと新鮮さでいっぱいなのだろう。

やっぱり福岡っていい街！　大好き！　帰りたい！　と、お酒で饒舌になった姉は、何度も繰り返した。

「私、来世ではお姉ちゃんになりたいなぁ。性格もいいし、昔から何でもできるし。妹の私が言うのも変だけど、お姉ちゃんって本当に完璧だなって思うもん」

食後のデザートをつつきながら、何気なく言った。深く考えずに放った私のこの言葉で、盛り上がっていた会話が急に止まった。

あれ、聞こえてなかったかな？　と視線をやると、姉は一点を見つめて静止していた。そして、大きな目にはどんどん涙がにじんでいき、そこにとどまりきらなかった涙が、彼女のまばたきと共に、机の上にぽろりとこぼれ落ちた。そして、彼女は肩を小刻みに震わせながら、声も出さずに小さく泣き出した。

私は何かまずいことを言ってしまったのだろうか。

姉の涙を目の当たりにして、昔見たある光景が頭の中に浮かんできた。

そういえば、姉は悲しいことがあると、誰にもバレないように、お風呂や布団の中でこっそり泣いていた。泣き虫でいつも誰かになぐさめられていた私とは対照的に、姉は人前では絶対に、私のようにだらしなく泣いたりしない。家族や周りに心配をかけないように、一人静かに泣いていた。長女の性《さが》ってやつなのだろうか。

姉の小さな秘密を知っていることを、私もずっと秘密にしていたが、そのまますっかり記憶の片隅にしまいこんでいた。

そんな姉が妹の目の前で泣くのだから、よほどのことである。

仕事で何かしてしまったのだろうか。好きな人にふられでもしたのだろうか。私の知らないところで、きっと悲しいことや辛いことがあったのだろう。

姉の泣く姿は、幼い子どものようだった。

いつも凛として、人生を楽しんでいるお姉ちゃん。だけど、私と同じように、辛くて泣くこともあるんだなぁ。

そう思うと、遠い存在だった姉が一気に身近に感じ、彼女への愛おしさが心の底からこみ上げた。と同時に、なんとも言えない切ない気持ちが、私の心をキュッと締めつけた。

彼女の涙は、とても悲しく、それでいて美しかった。
2、3粒涙が頬を伝ったところで、姉はカバンから取り出したハンカチで目を押さえながら「ごめんね、急に泣いちゃって。何でもないの。ただ、あたし香純が思うようなお姉ちゃんじゃないから、なんか自分で情けなくなっちゃって。こんなことで泣くなんて、あたし酔っ払ってるわ～」と申し訳なさそうに笑った。

「ううん、こちらこそごめん。ほんとに」その姉の顔を見て、私はもっと申し訳なく感じた。

「東京でちょっと嫌なことがあってさ。珍しく落ち込んで、どうしようもなくて。そしたらふと絵本のことを思い出して、香純に〝かなしみ〟を切ってもらいたいなーって思って、帰って来ちゃった」

「そうだったの。何かあったなら最初から言ってくれたらよかったのに」

「あんまり心配かけたくないし。そもそもあたしの〝かなしみ〟切って〜、なんて恥ずかしくて言えないよ〜」

とおちゃらけてみせる姉の肩に、私はそっと手を添えて、優しく言った。

「完璧に見えるけど、お姉ちゃんだって、大変なこととか悩むこともきっとあるんだよね。私ね、お姉ちゃんの〝かなしみ〟切ったよ。髪切ってる時、たぬきの床屋さんの魔法かけたの。だからもう大丈夫」

それを聞いて、姉は小さく「ありがとう」と言って、また少し泣いた。

しばらくして、姉はようやくいつもの自分を取り戻してきたようで、普段通りに話し始めた。ただ、言葉を慎重に選んでいるような気がした。

「昼間さ、香純に髪切ってもらって一回スッキリしたはずだったのに、やっぱり一人になったら落ち込んじゃってね。けど、久々に福岡で懐かしい場所に行ったり、美味しいもの食べたり、あと香純と話して色んなことを思い出してたら、単純に私って幸せだなーって思って。そしたら小さなことであれこれ悩んでる自分がバカらしくなってきちゃった。今日帰ってきてほんとによかった。香純、ありがとう」

昼間、私が彼女の髪を切りながらかけたたぬきの床屋さんの魔法は、どうやら大人になるときかなくなるらしい。魔法によって、現実が変わることはないのだ。

けれど、大人になると、魔法がないと気がつく代わりに、悲しみから抜け出して前に進む方法を、自分で見つけられるようになる。それに、寄り添ってくれる思い出や馴染みの街が、時にこうやって背中を押してくれることもある。


「ほんとに帰ろーかな、福岡」

帰り道、少しはにかんでそう言った姉の表情は、晴れ晴れとしていた。その目は昔と同じだけど、見えてるものは違っていた。

帰ろうかな、なんて言いながら、前に突き進む彼女は、きっと帰ってこないのだろう。

幼い頃、自分が眠ると世界中の何もかも、全てが一緒に眠ると信じていた。

あの頃の私が見えてた景色は、大人になった今は見えなくなったけれど、その代わり、新しい世界が目の前に広がっている。

変わっていないように感じても、時は経ち、人は歩き、見える景色は変わっている。同じような毎日でも、全く同じ日なんてないのだ。

そう思うと、毎日勝手に訪れる今日という日が、なんだか尊いものに感じられた。

「また嫌なことがあったらいつでも福岡に帰っておいでね」

私は姉の横顔に精一杯の笑顔を向けた。

まだ肌寒い春の夜風が、彼女の短い髪を遠慮がちに揺らした。

ぴりから

格言

あの頃の私が
見えてた景色は、
大人になった今は
見えなくなったけれど、
その代わり、
新しい世界が目の前に
広がっている。

profile

田中里奈

たなかりな

モデル。青文字系ファッション誌を中心に活躍しており、コーディネートセンス、ヘアスタイルは原宿系のトレンドに敏感な若者達からカリスマ的な人気を誇る。近年は雑誌のモデルの枠を飛び越えファッションイベントや、企業ブランドのデザインに参加するなど、様々なステージで活躍している。

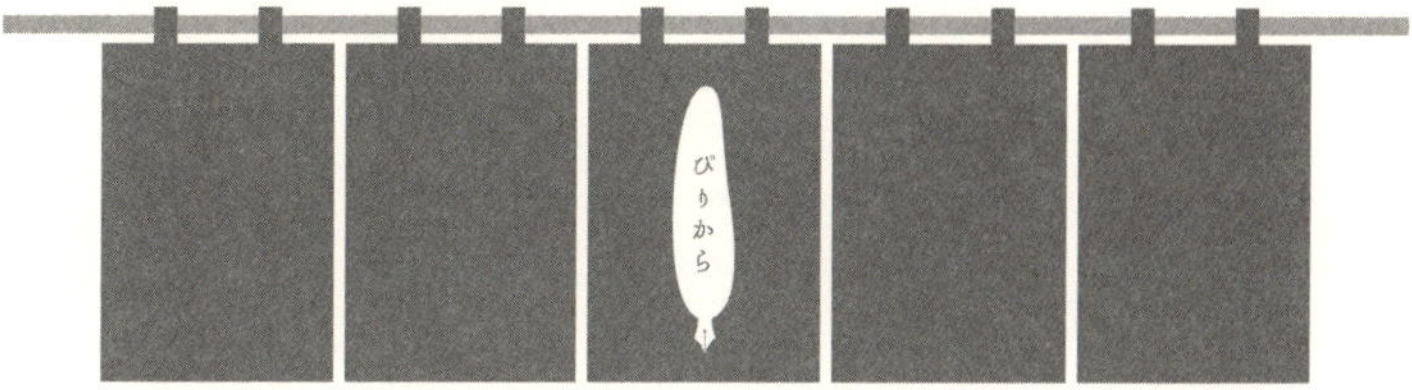

〔第3話〕

恋木神社

鈴木おさむ

33歳。独身。私は美人かブスかでいうと美人なほうで、5人でコンパに行けば2番目くらいではモテてきた方だ。大学を出てからずっと、女性に人気の国内鞄ブランドの広報部で働いてきた私は、社内でも、モテるかモテないかでいうとモテる方だ。

特に上司からのウケはいい。というのも、私の会社には、1970年代の第二次ベビーブーム生まれだとかの上司が多く、上司たちはカラオケに行くと、中森明菜派だったか、小泉今日子派だったかで議論になる。そんな中、私は上司ウケ狙いで覚えた中森明菜の「DESIRE」を歌い盛り上げる。飲み会の帰りには、だいたい上司にこっそり2軒目に誘われるが、社内不倫は面倒なので、断り続けている。

そんな私は、今、神社に来ている。福岡県筑後市の水田天満宮の中にある神社「恋木神社」。ここは日本で唯一「恋命《こいのみこと》」を祀っている、恋愛のパワースポットと呼ばれている場所だ。３年前にもここに来た。

あの時は、神頼みなんかしたくなかったけど、友達に誘われて初めてやってきた。その時、私を誘ったのは、大学の時からの友達。というか親友の瑞希。コンパに行けば、瑞希は５人中３番から４番。瑞希のことを親友と言いながらも、私にとっての安心材料だったのかもしれない。私を抜くことはないであろうという絶対の安心感。それが彼女と親友関係でいたかった理由なのかもしれない。

瑞希には５年間彼氏がいなかった。前に付き合っていた彼氏は瑞希とは別にもう一人彼女がいたらしい。二股だ。それを瑞希が知って

「私と彼女、どっち取るの？」と迫ってみたらあっさりもう一人の彼女を取ってしまったという。つまりは瑞希は自分が一軍だと思ってたら、二軍だったことが判明したのだ。そのことで男性不信。「恋に臆病になった」と言っていた。でも、私からしたら、臆病にならなかったとしても、彼女に彼氏ができるチャンスは少なかったはずだ。

3年前にこの「恋木神社」に来るのがあまり乗り気でなかったのは、女性2人で恋愛の神社なんて行って、周りから見たら、いかにも婚期をちょい逃ししたアラサー女性に見えるんじゃないかと思っていたからだ。

だけど、実際に恋木神社に来てみると、神社と言いながらもそのちょっとしたテーマパーク感に浮き立った。

そもそもこの神社がどういうものなのかと、行く前にGoogleに頼ってみた。どこぞの神主さんが商売っ気を出して、最近つくった神社なんじゃないかと思っていたら、そんなことはなかった。「恋木」の「木」は東を意味していて、菅原道真公が大宰府で生涯を終えるまで、都の天皇と妻子を思う心に対して、せめて霊魂だけは慰めようと祀られたらしい。

人はブランドに弱い。神社だって同じ。菅原道真という誰しも一度は聞いたことのある名前が前に出ていることで、いかがわしいものなんじゃないかという疑いは晴れる。

実際に来てみると、「あふれる程の愛に恵まれますように。素敵な出逢いで幸せになりますように」と願いの込められた恋木鳥居にはハートが10個もデコレーション、いや、飾られている。恋参道と呼ばれる参道もあり恋木絵馬、ハート陶板守などのグッズ……って言っていいのかな、まあ、そういうのも販売されていた。もちろん買えるグッズは全て買ってしまったんだけど。

樹齢600年の幸福の一位の木という木もあり、左・右・左と回ると、幸せが訪れると言われていて、瑞希と一緒に声を出しながら、少し照れながらも回ってみたりした。

良縁成就のお祭りが行われる月の3月と11月、その前の月の2月と10月はおみくじがピンク色に変わるらしく、たまたま自分が行った月が2月だったので、「なんかタイミングいいじゃん」とか言ってテンションが上がっていた。今考えると、1年のうちに4ヶ月あるのだから、3分の1って結構な確率だなと思うけど、旅に出ると人は全ての体験にプレミア感をつけたがる。やらないと思っていた御祈願もお願いした。初穂料、5000円。

　御祈願が終わった頃には、最初あった恥ずかしさなん

て全てすっ飛んでいて、本当にいい出会いがあるんじゃないかと思える力強さがみなぎっていた。祈ることはすごい。神様に祈りながら自分で自分の背中を押すからだ。

東京に帰ってみると、会社の後輩からコンパに誘われた。相手はITベンチャー系のノッてる会社の社員。30代にして役員の人もいる。人数は4人。こちらは一人足りなかったので、瑞希を誘った。数合わせ。

そこで出会った一人の男性、園田さん。私より一つ年上で、体を鍛えてて、サーファーで、色も黒くてチャラそうだったけど、話してみると仕事に対して熱い。そして参加している女性は年下なのにまずみんなに敬語。他の男性が私たちにちょっと強引にお酒を勧めるのを止めてくれる。

チャラそうだけどマジメで優しい。女性が好きなこのギャップに、私は惚れてしまった。そして、この出会いから2ヶ月後には付き合うようになった。

でもそれから半年後に園田さんにはもう一人、彼女がいたことがわかった。そう、二股だ。

もう一人の彼女とは、瑞希だった。

親友だ。私の親友が、私の彼のもう一人の彼女。

あのコンパでは全員がメールアドレスを交換していた。そこから瑞希は園田さんに猛アタックをしていたらしい。恋木神社のパワーだろう。恋木神社の神様は一緒にお参りに行った私と瑞希、2人に恋する勇気を与えてくれた。同じ相手に。

園田さんは、私と付き合うことを瑞希に伝えたらしい。だけど、瑞希は折れなかった。親友の私が付き合うことになっても。

園田さんと初めてコンパで会った時に、チャラそうに見えたけど、マジメで優しいと思った。でも、結局チャラかった。

一度惚れてしまうと、そこでチャラいとわかったところで、簡単に惚れた思いをリセットなんかできない。男を嫌いになるよりも、自分の物にしたいという気持ちとプライドがふくらむ。

園田さんが二股をかけているのは、ある日、瑞希本人から聞いた。

かつて二股で悲しい思いをしたはずの瑞希から。「私も園田さんと付き合ってるの」と。

私が付き合っているのを知ってからも、園田さんのことを諦められなかったと言った。

あの時、男性を信じられなくなったと居酒屋のカウンターで人目もはばからず泣いていた瑞希。二股恋愛の被害者が、加害者になった。自分がされて辛かったことを人にはしないタイプに見えた瑞希。正確に言うと、それまではしなかったのだろう。だけど人を恋するというのは、その人のモラルまで動かす。正義感まで壊すことができる。なに？　恋って。

瑞希から告白を受けた私は、瑞希を殴った。人を殴るなんて人生で初めてだった。でも、瑞希は涙一つ見せることなく、それどころか私に見せたことのない目力の強さで言った。「ここまで人を好きになったの初めてなの。だからひけない」と。「ごめん」とは言わなかった。彼女が私という親友を捨ててでも、ここまで強くなれたのは恋木神社のおかげだろう。

その翌日、私は、園田さんにメールを入れた。「私と瑞希、どっち取るの?」と。まさか自分がこんな選択を迫ると思わなかった。以前、瑞希が二股をかけられて、彼に「私と彼女、どっち取るの?」と迫ったと聞いた時、他人事《ひとごと》だった。人は油断する。自分に実際に起きるまでは結局全ては他人事なのだ。だけど、まさかの他人事が自分事になった。

私がメールを送ってから3分も待たずに返信が来た。園田さんから返ってきたメールには、こう書いてあった。「ごめん。瑞希と付き合う」

当然、自分と付き合うと思って選択を迫った。そもそも二股をかけられていたのは私で、私が彼に怒ってるわけで、私のほうが彼より優位だと思っていた。でも、自分を選ばなかった時点で、優位なのは私じゃないことに気づかされた。しかも、彼のメールの文章の最後には、涙を流している絵文字がついていた。「別れの文章に絵文字つけてんじゃねえよ。しかも態って」と怒りが頂点に達しながらも、結局はふられたのは自分で、しかも親友に取られて、その親友は、親友と言いながらも、女として自分より下位に格付けていた女で、そもそもコンパに呼んだのも人数合わせで、3番か4番の女が2番である自分に勝つはずないと思っていたわけで、私の中の最高潮に達した怒りに悔しさと寂しさとみじめさが混じり、絵文字に誘導されて涙が噴出した。

小学校の図書館に1冊の絵本があった。『たぬきのとこやさん』という絵本。森の中にある「かなしみ」

をカットしてくれる床屋さんの物語。私がその絵本を発見したのは小学6年生の時で、その時は、面白いとも思わなかったけど、二股をかけられてふられ、悲しみが体からあふれた時にあの物語を思い出した。でも、あの床屋さんでも、今の私のこの悲しみと寂しさとみじめさをカットするのは無理だろう。

恋木神社に瑞希と行ってから3年が経った頃、彼女と園田さんが結婚するという噂を聞いた。っていうか、噂じゃない。園田さんのTwitterを見た。元カレのTwitterなんかフォローしてるなよと自分で自分を何度も叱ったけど、結局フォローを外さないまま、頭のどこかで元カレの動きが気になっていた。彼への恋愛感情の未練はない。でも、私をふって私の親友と付き合った男の不幸せな呟きを期待していたからだろう。早く別れないかなと、早く2人に不幸が訪れないかなと願っていたのだが、そんなネガティブな願いとは裏腹に、ある日、ありがたいことに、園田さんのTwitterで「結婚式場視察ナウ」という一番望んでなかった「ナウ」を目撃した。

その事実を知ってから、怒りとか悔しさとか寂しさとかが毒素となって体の中を巡りだした。でもその毒素をデトックスする方法が見つからず、結果、一人で3年ぶりに「恋木神社」に来てしまったのだ。自分の新しい恋愛を願うためじゃない。神様に苦情だ。クレームだ。そして瑞希と園田さんの不幸を願うためだ。

あの時、「恋木神社」の賽銭箱に賽銭を投げて、新しい出会いを強く願った3倍、5倍、いや100倍の思いで2人の不幸を願ってやる。それが今私の体の中の毒素をデトックスする唯一の方法だと思った。そうするしかなかった。

神様にだって、責任がある。恋のパワースポットと言われ、日々みんなに期待させてしまう責任がある。期待させた分、その期待を裏切られた時の気持ちを受け止める責任があるはずなんだ。

3年ぶりに「恋木神社」に着いた途端、恋参道で結婚式を挙げている夫婦が神主さんと一緒に歩いているのを見てしまった。いきなりの洗礼だ。不幸を願いに来た私の目の前で、結婚式を挙げている男女が歩くなんて。「恋木神社」の神様はどこまで私を情けないヒロインに仕立て上げるつもりなのか。

　幸せを絵に描くとはこのことで、花嫁の顔の毛穴から幸せのホルモンがあふれ出している。私は彼女を見て心の中で呼びかけてあげた。

「今は幸せかもしれないけど、日本では結婚して3組に1組が離婚してるの。実際に離婚してる夫婦が3組に1組ということは、離婚を考えている人は2組に1組くらいいて、ってことは結婚ってしてはみたものの、してみるとさほど幸せでもないなと思ってる夫婦は、10組に9組くらいいるわけ。だから結婚した後も幸せだなと感じている夫婦は、10組に1組いるかいないかなの。ねえ？　わかる？　あなたにその10組に1組になれる可能性があると思う？　ないよね？　そうだよね？　だとしたら、今日が結婚生活の最高の一日だと噛みしめて、幸せのホルモンを放出したらいいよ」と。

最高に不幸な女が最高に幸せな女を目の前にしてできることは、幸せなんて長くは続かないはずだという妬みの光線を浴びせることくらいだ。

おそらく本日、この神社に来るであろう中で最高に不幸せなヒロインこと私は、いきなりの結婚式の洗礼により、スイッチが入った。そうくるならこっちもやってやろうじゃないかと。

正直、神様に人の不幸を願うことに躊躇がなかったかといえば、あった。だけど、この洗礼がスイッチを入れた。よし、やってやる。瑞希よ待ってろよ。

3年前に瑞希と一緒に通った道を通り、賽銭箱の前まで来ると、一人の女性が手を合わせていた。

その女性は、髪の毛は真っ白で腰もちょっと曲がり、まさにおばあちゃんと呼ぶのにふさわしい人だった。腰を丸め、一歩ずつ歩くおばあちゃんのその姿は可愛く微笑ましくもあった。だけど、当然思う。

「嘘でしょ？　80歳過ぎてるであろうおばあちゃんが、新しい恋を願いに来たの？　え？　本気？？」と。

おばあちゃんは私を見て、優しすぎる笑顔を投げかけてくれた。その笑顔はうまいマッサージ師さんがツボを押したように私の気持ちにグイっと入った。話しかけずにはいられなかった。でも「まだ恋するおつもりなんですか？」とは聞けず、出てきた言葉は「よく、ここにいらっしゃるんですか？」

だった。

おばあちゃんは、目を細めニコリとしながらこう答えた。「近くに住んでいましてね、毎日来てるんです」と。そこで合点がいった。なるほど、近くに住んでるから毎日来てるだけなんだな。さすがに新しい恋を探してるわけじゃないん

だな。さすがにそうだよな、と。思い込んだ瞬間、おばあちゃんは私の心を読んでるかのように言ってきた。「恋、できるようにね、来てるんです」と。

えー!? 恋? 80歳過ぎているであろうに、恋? まあ、なくはない。高齢化社会が進む日本で、80歳過ぎて恋したって悪いわけじゃないし、なくはない。だけど、新しい恋をするために神社に来るなんて。なんて積極的なおばあちゃんなんだ。私はあふれそうな苦笑いをせき止めておばあちゃんに「元気ですね! どんな人と恋したいんですか? おばあちゃん」と言った。不幸を願いに来たとはいってても旅は旅。変わったおばあちゃんと会話して愉快な思い出のひとつくらいっくってもいいだろう。

するとおばあちゃんは教えてくれた。「私が若い頃ね、ここにお参りに来てたんです。そしたら帰りにね、鳥居を出たところでね、泥棒が私のバッグを肩から剝がして持っていっちゃったの。私が驚いて『泥棒！』って叫んだらね、ちょっと先にいた男性がね、その泥棒を捕まえようとしてくれたんですけどね、殴られて逃げられちゃって。その泥棒を捕まえようとしてくれたのが、私の旦那さんになってくれた方なんです」

鞄は盗まれたけど、代わりに最高の宝物をくれた。恋木神社がCMをつくるなら最高のPRになりそうな、そんな話をおばあちゃんはゆっくりと丁寧に、私に伝えてくれた。けど、この話には大きくひっかかった疑問がある。私は聞いた。「え？　おばあちゃん、旦那さんがいるのに、新しい恋、探してるんですか～？」

おばあちゃんは上を見ながらそっと言った。「主人はね、20年前に事故で亡くなっちゃってね。死んじゃった。あっけなく死んじゃったんです。車にひかれちゃってね。最初は主人をひいた相手のことをね、ずっと恨んでいたんです。何年もね。だけどね、恨んでいたって結局何も生まない。人の不幸を願ったところでね、その人が本当に不幸になっても、結局、自分が幸せになることはない。だからね、そう思えた日から、またここに来るようになって、毎日、お願いしてるんですよ」と。

私は言葉を絞り出して聞いた。「なんて、お願いしてるんですか？」

おばあちゃんは、私に背を向け、恋木神社の賽銭箱のほうを見て言った。「またいつか主人と逢って、恋できますようにって」

おばあちゃんは、「それじゃあね」と残して私の横を通り抜けていった。

私は賽銭箱に向かって数歩歩いた。おばあちゃんをもう一度見たくて振り返ると、おばあちゃんの姿はなかった。私が数歩歩いただけなのに。おばあちゃんはいなくなっていた。

私は賽銭箱にお賽銭を入れて、願った。「また素敵な恋ができますように」

神社を出ると、背中に何かが当たった衝撃があった。「痛いっ」と声を漏らすと、私が持っていたバッグを持って走っていった男がいた。

とっさに叫んだ。「泥棒！」と。

私の目線の10メートルほど先にいた男性が私の声に反応し、私を見つめた。そして、その男性は、バッグを盗んだ男に向かって全力で走りだした。

ぴりから

格言

人の不幸を願ったところでね、結局、自分が幸せになることはない。

profile

鈴木おさむ

すずきおさむ

放送作家。19歳で放送作家としてデビュー。バラエティーを中心に多くのヒット番組の構成を担当。女性お笑いトリオ「森三中」の大島美幸さんと、交際0日で結婚したことは大きな話題となった。映画・ドラマの脚本や舞台の作演出、小説の執筆等さまざまなジャンルで活躍中。

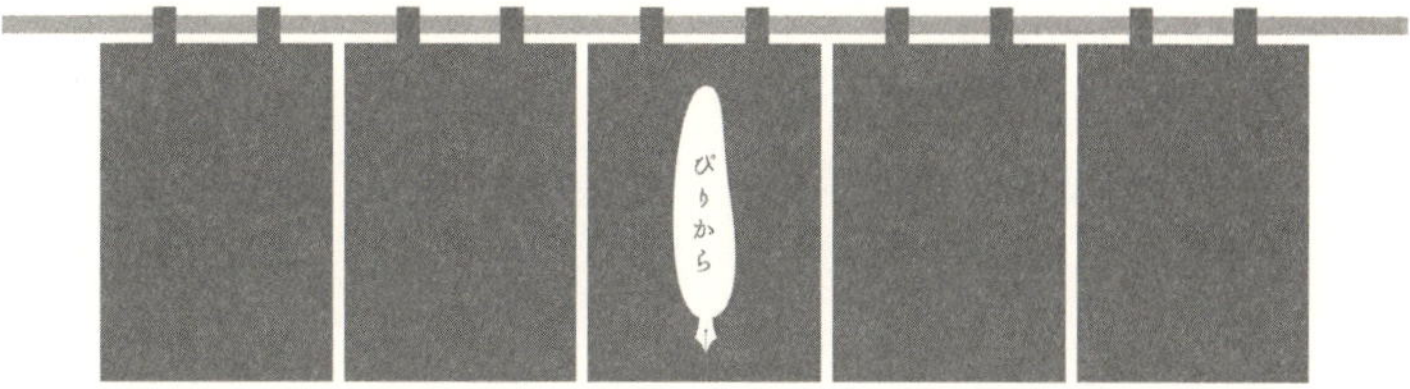

〔第4話〕

誰かのために引いたおみくじ

坪田信貴

はらわたが煮えくり返るとはこのことだ！　お腹を痛めて産んだ子、女手一つで、手塩にかけて育ててきた我が子に殴られた。

勇次は、自分の拳で私の側頭部を打った瞬間、まるで、自分が意図したわけではないと言い訳をするように、「お、お前が悪いんだからな！」と叫んだ。

頭蓋骨の奥から滲み出てくる痛みと共に、じんわりとそしてゆっくりと腹立たしさと悔しさに塗《まみ》れた涙があふれ出てきた。

そもそも、なぜ私があの子に殴られなければならないのか。私は勇次のためを思っていつものように優しく諭しただけなのに。

いつもなら、「はい。はい」と聞き流して、バツの悪そうな顔をしてそそくさと逃げ隠れるあの子が、今日に限っては、「うるせーな」

と親に向かって汚い言葉を吐いてきた。

そこで、私は「その態度は何。そもそも、あなたは学生なんだから、その本分は勉強でしょう？　だいたい、高校に入ってからあなた、まともに机について勉強したことある？　携帯ばっかりいじって。この前の期末テストだって、散々だったじゃない。私は働いているの！　あなたを食べさせるために！　あなたはあなたの仕事をする。そんなの当たり前のことじゃない！　にもかかわらず、やると決めたことをあなたは一度もやり通したことがない。そしてこの年齢になってもまだやらなきゃいけないことすらまともにできない」と伝えただけ。

私が一席ぶつと、みるみるうちに勇次の顔が硬直し、反論することもできずに「うるせーババア」なんていう、知性のかけらも見えない言葉を発した後、彼は怒り狂って立ち上がった。そして私を殴って泣きながら家を出て行った。

泣きたいのは私のほうだ。

しかも問題は、最後の捨て台詞だ。

「もう、お前とはへその緒を切るからな!」

それを言うなら「縁を切る」だ。いつまで私とつながっているつもりなのか。

そんな頭だからもっと勉強しないと、これからのグローバルかつ情報化社会では生きていけないのに。

私は、しばらく呆然とした後に、キッチンまで歩いていき、蛇口をひねった。冷たい水が勢いよく飛び出してくる。私は、その冷たい水の柱に手を入れ、十分冷やした後に、手のひらを側頭部に持っていき、少しでも痛みを和らげようとした。

私は、根本的に男運が悪い。スタートが、今やこの世にはいない父、次に離婚した夫。そして息子。いつも私を困らせるのは男たち。そもそも、父が私に父親らしい姿を見せたことは一度もない。普通の父親なら、娘を猫かわいがりするものだ。にもかかわらず、家にも帰らず、たまに帰ってきたかと思えば、母に文句ばかり言って、一人でブチ切れて叫んで家から出て行った。それが日常だった。

私が、高校受験の時に、大ゲンカをしたことがある。久しぶりに帰ってきて、私に笑顔で近づいてきてちょっと言いたいことがあるから部屋に来てほしいと父は言った。

「言いたいことがあるんやったら今ここで言えばいいやん」と主張すると、「とにかく来てくれ」と腕を摑んで、私を引っ張っていこうとするので、怖くなった私は、無理やり腕を引き剝がし、自分の部屋に籠城した。すると父は露骨に機嫌が悪くなり、母に当たり始めた。

「たまに帰ってきた時ぐらい、静かにして！」と私が大声で文句を言ったら、部屋まで乗り込んできて目を真っ赤にして、「黙れ、クソガキが。誰に育ててもらったと思いようとや！ 偉そうな口きくんじゃなか！」とガラスがビリビリ震えるぐらい叫んだ。

私は「あんたじゃなか。お母さんよ」と答えた。「黙って聞いてりやいい気になりやがって」とすごむ父に、「私は一言しか言ってなかろうが。うるさくていい気になっとうのはあんたたい」と言い返した。あいつは、私に平手打ちをした。母はそれを見て、泣き叫んだ。父は、舌打ちをして家を出て行った。それから、私は父とは一切口をきかなかった。

こんな家から一刻も早く出たい、そして自立したい、そう思っていた高校生の私に、あいつは、「女なんか大学行っても意味がない。金がかかるだけだから早く就職しろ」とのたまった。時代錯誤も甚だしい。私は、一人でも大学に行ってやる、そして一刻も早くあんな男の側から離れて、幸せになるんだと思った。私は、とにかくお金を安くするために、そして憧れの「東京」にできるだけ近くいたいという理由で努力した。しかし、金銭的な縛りの中で「東京の国公立」はあまりにハードルが高すぎて、北関東の国立大学に滑り込んだ。思っていた「花の都」のイメージとは程遠い、見渡す限り田んぼのような場所での生活だった。花というより、どちらかというと教室には牛のフンのにおいが充満していた。

就職活動では、とにかく一生自立できるように、しかし、都会で生活できるように、一般職で銀行を志望した。幸い、地方銀行の都内の支店で採用が決まり、そこで出会った同期の男と付き合うことになり、3年後に寿退社となった。まあよくある話だ。

この時点で、淡く希望していた人生とは異なったけれど、最初の数年は幸せだった。子どもが生まれて数年が経ち、その男が銀行の本店に異動が決まった時に、東京を出たくなかった私とどこに住むかで揉めた。子どもの教育を盾にした私が議論で勝った。そこから、夫の単身赴任が始まり、テンプレートのような浮気疑惑と共に何度となく喧嘩をし、家に帰ってくるたびに罵声を浴びせられることになった。家に帰ってくる時は必ず酒に酔い、私に暴力を振るうことも増えた。幼少期に見た景色と全く同じことを経験し、私はついに離婚することを決意し、元いた銀行に再就職することにした。

それから一人で子育てを開始するのだけれど、私の人生の大半は、息子の勇次をいかに私の父親や、元夫とは違う、「まともな人間」に育てるかに費やしたと言っても過言ではない。時間、お金、エネルギー、あらゆることを彼のために使った。

幼児教育、水泳、ソロバン、塾、体操教室、彼がやりたいと言ったことは全てやらせたが、全部中途半端でやめてしまった。私はその度に勇次をなじった。

「あんたがやりたいと自分から言ったことにいったいどれだけかけたと思ってるの？　で、得たのは何？」

小さい頃の勇次は、そんな時、消え入るような小さな声で、うつむきながら「僕がやりたいと言ったわけじゃない。でも、ママ、ごめんなさい。次は頑張ります」と言った。

もちろん、そしてその【次】はどれだけ待っても永遠にこなかった。

男は基本的に、何か都合が悪いとすぐ家を出る。彼らにとってはリフレッシュのつもりかもしれないが、出られた側にとってみれば最悪の後味が残った場所に一人で取り残されるのだ。そんな想像力すら彼らは持ち合わせていない。

どこに向かうわけでもないのだけれど、とにかくとぼとぼと歩きまわった。そんな時は決まってあの時のことを思い出す。

高校受験直前に喧嘩したあの日、父は私をなぜ自分の部屋に連れて行こうとしたのか？ そして何を部屋で言いたかったのだろうか？ 今日の私みたいに、もっとちゃんと勉強しろと小言のオンパレードを伝えたかったのだろうか。正直、今ならその気持ちが少しはわかる。

そんなことを考えていると、地元で一番大きな神社の鳥居の前に来た。

私は、せっかくだからおみくじでも引いて、この今の状況をどうしたらいいのか神様に教えてもらおうと思った。

最後に神社に行ったのはいつかと考えた。思い出せるのは地元の太宰府天満宮。

高校受験の時に父が一緒に行こうと言ったのを無理

やり断って一人で行った。その時のおみくじは確か、「凶」だったと思う。そもそもおみくじに凶なんてあるんだと初めて知った。それを父に言ったら、今が凶ならこれからよくなるってことだろうと、嬉しそうに答えた。

あ、そうそう。凶で思い出した。学生時代の親友の香織がそろそろどうしても結婚したいからという理由で、なにか恋愛にきく神社はないかというので、「恋木神社」に一緒に3年前に行ったのが最後だ。彼女はだいたいコンパで5人参加していたら上から3番目か4番目の子。顔は「下の上」だけど性格はいいんだから、なんでこの子にいい相手ができないのかずっと疑問だった。面白いのは、その神社で私たちの前に参拝していた2人組も、美人の女の子とさえない女の子の2

人組だったということ。いかにも婚期を逃したアラサー2人という感じだった。どんな会話をしていたかは覚えていないけど、なんか二股されたとかされなかったとかそんな会話をしていたような気がする。香織が、「私も二股されてた」みたいなことを言って共感してたな。そんなことより私はそこでも凶を引いた。それが私のおみくじヒストリー。

3度目の正直。さすがに3連続凶ってことはないはず、そう思いつつ、私は、まず賽銭箱に向かって、5円を放り、2度お辞儀をした。次に、2度手を打ち、心の中で聞いた。

「神様。私これから幸せになれますか?」

神様からは返事はなかった。そりゃそうだ。5円ぐらいあげたところで、正確な返事なんてもらえないのも当然だ。

日本一有名な霊能タレントの30分の相談料は100万円が相場だと聞いたことがある。それより明らかに格上の「神様」への相談料が5円なんて確かに話にもならないだろう。そんな時、私は小さい頃に父が言っていたことを思い出す。

「神様には、何かお願いをしに来るんじゃなか。神社に自分の足で来ることができるほど健康でいさせてもらっとることに感謝を伝えるとよ」

なるほどと私は思ったものだ。それでもやっぱりせっかくだから何かかなえてほしいという欲がどうしても出る。これが人間なんだろう。

そもそも、そう言っていた父親本人はある年の初詣で「なんで有馬記念で勝たせてくれんやったとや」とブツブツと神様に文句を言っていてげんなりしたことがある。

私は改めて100円を賽銭箱に投げた。そして呟いた。

「神様。勇次が私をどつくぐらい健康にしてくださってありがとうございます。これからはもうちょっと不健康ぐらいがちょうどいいです。よろしくお願いいたします」

私は精一杯の皮肉を言った後、作法通り、最後に一礼をして踵を返した。

それから、おみくじを購入した。

紙には「末吉」という、なんとも微妙な記号と共に、古い詩のようなものが書いてあった。要するに、「あなたを大切に思ってくれている人、あなたが大切だと思っている人に感謝の気持ちを面と向かって伝えなさい」という内容。

「息子に読ませてやりたいわ」と瞬時に思ったけれど、翻って、自分は親孝行をしているのか、ふと考えてみた。

結婚してからは、基本的に元旦那の実家に帰っていたので地元の福岡に帰ることはほとんどなかった。離婚する直前に相談するために帰ったぐらいか。それ以外は仕事も忙しかったし、なかなか帰る暇がなかった。

とりあえず私は、「これぞ神のお告げ」と信じ、一度実家に帰ろうと決めた。息子も、私がいなくなったらどれだけ大変かわかるだろう。そして、どれだけ自分が無力な存在かも知ることになる。いい機会だ。

「しばらくおばあちゃん家に帰ります」

家に着くと、そう書いたメモと1万円札をダイニングテーブルに残して、福岡行きの飛行機に乗った。

福岡空港に着いてすぐに、母に電話した。もしかしたら家にいないかもしれないと心配になり始めた9コール目で、母は、「はい、もしもし、橋本です。どちらさま?」と、やんわりとした博多弁のイントネーションに包まれながらゆっくりと、しかし滑舌よく電話を取った。

「あ、お母さん、私。和美。今、福岡に戻ってきたけん、今からいってもよか?」

長年使っていなかった博多弁。もしかしたら変かもしれない、そう思いながらも、やはり母への愛と懐かしさで、思わず出てきた。同じ言葉やイントネーションを用いてコミュニケーションを取ることで、同じ背景を共有したという連帯感が生まれる。

「和美ね？　元気しよった？　勇次君と一緒ね？　なんでんよかけん、はよこんね」

母は、私の声を聞いてとても喜んだ。それと共に、寂しい思いをさせていたのだなと少し罪悪感が芽生えた。母はいつも私の味方だった。小学校で男の子たちに意地悪をされた時も、学校の先生に三者面談で志望校に受かりそうにないと言われた時も、就職して元夫とは違う同期に恋をしてふられた時にも、母はいつも私の愚痴を聞いて慰めてくれていた。もちろん、離婚をすると言った時にも、父は大反対だったし、「お前はもううちの人間ではない」と言っていたが、母は後で「いつでも戻ってこんね」と言ってくれた。母はとにかくいつでも私の理解者だったし、私を受け入れてくれた。

私が久しぶりに実家の門をくぐると、母は台所でニコニコしながら買い物袋から荷物を冷蔵庫に移し始めた。

「お母さん。聞いてよ！」

そこから私は、自分が息子になぜ殴られなければならなかったのか、最悪のストーリーを勢いよく話し始めた。

母は、うんうんと頷きながら、熱い緑茶とお茶請けを用意してくれた。

「で、お母さん、どげん思う？」

「お母さんには詳しゅうわからんばってん、久しぶりに色々聞けたとが嬉しかね。今日は久しぶりにモツ鍋にでもしようかと思うけど、懐かしかろ？」

「なんでもよか！」

そう言って、私は、母と共に台所に入り、一緒に準備を始めた。母は、私が久しぶりに実家に帰ると聞いて、明太子と梅干しも買ってきたそうだ。別に、福岡の家庭がモツ鍋と明太子をよく食べているわけじゃないのだけれど、久しぶりの九州を味わってほしいという親心だそうだ。

「この梅干しって、あれ？　飛梅の？」

「そうそう。たまには東京から飛んで帰ってきてほしかと」

その言葉で、昔聞いた逸話を思い出した。

学問の神様と言われる菅原道真公が当時の都である京都から無実の罪で大宰府に左遷された。家を出る前に、幼い時から慣れ親しんでいた梅の木に「東風吹か

ば匂ひおこせよ梅の花　あるじなしとて春な忘れそ」（東風が吹いたら、遠くに行く僕にも梅の香りを届けてほしいな。僕がいなくなっても春を忘れないでね）と歌ったそうだ。すると梅の木が道真公を慕って、京都から飛んできたという。そんな伝説の「飛梅」が太宰府天満宮の境内にある。それから全国から6000本もの梅の木が送られて、敷地内に植えられている。そんな梅でつくられた「梅干し」が太宰府天満宮の参道で売られているのだ。

東風が吹いたら香りどころか木が飛んできて、さらにその後約200種6000本の梅の木まで来るとは、さすがの学問の神様も当時は思ってもいなかっただろう。

そして今も毎年1000万もの人が彼を慕って参拝してくるなんて

想像していただろうか？　当時の道真がそのことを知っていたら、きっと「学問の神様……ハードル高すぎるな。もっと勉強しておけばよかった」と思ったかもしれない。だいたい、学生の時にもっと勉強しておけばよかったというのは、大人あるあるだし、それはきっと学問の神様であっても同じだったのではないだろうか。

少し大ぶりの梅干しを食べると、１０００年の時間や場所を超えても「大切な人に会いたい」という感情をほどよい酸味が思い出させてくれる。

「和美。そればちょっと取ってくれる？」

昔は、一緒に台所に立つと母のほうが大きくて、私は台に上って冷蔵庫から言われたものを取って手伝いをしていたものだけれど、今では母より背が大きくなり、70歳を越えた彼女の動きが随分緩やかになったことに気づいた。

「お母さん、年取ったね」

思わずそう言った私のほうを振り返り、「和美は、昔からいっもいい子やね」と母は笑顔で答えた。

私は、昔からの母のその口癖を聞いたその瞬間、泣き崩れた。

「どげんしたと」

心配する母をよそに、色んなことが脳裏に浮かんでは消えた。私は決していい子なんかじゃない。昔から、いつも私は母に愚痴ばかり言っていたし、自分が困った時ばかり母を頼りにして、挙げ句の果てには息子に殴られて実家に帰ってきた。私のどこがいい子だというのか。

こんな私をいい子だなんてのたまうのは、この親バカの母ぐらいだ。

モツに載せたニラがしんなりするのを待つ間、ビールをグラスになみなみと注ぎ、切り分けた明太子を一切れつまむ。ピリリとした辛味が、さらにビールの苦みを欲するかのように舌を刺激する。

「お母さんは、なんでお父さんと結婚したと？　幸せやったと？」

どう考えても、最低な父親だった。そんな男と結婚した母はさぞかし不幸だったに違いない。

「お母さんは、幸せやったよ。そりゃお父さんから怒られることもいっぱいあったばってん、それ以上に優しゅうしてもらったもん。あんたのことも大切にしてくれよったしね。いっつもお父さん、あんたの小さい頃の写真ば見よんしゃったとよ」

そんなはずはない。いつも大切にしてくれていたのは母で、父は私や母にとても厳しかった。にもかかわらず、なぜ母は父のことを語る時に嬉しそうに語るの。

「私の小さい頃の写真？　どこにあると？」

そう言うと、母は、父の書斎にあると教えてくれた。

「たしか、机の上に置いてあるけん、探してみんしゃい」

母は、自分も一緒に食卓を囲めばいいのに、私により美味しいものを食べさせようと忙しなく動きながら、そう言った。

「母さん、座って食べたら？」

「なんかね、やっぱりあんたが帰ってきたら色々せんといけん気がしてきて、落ち着かんとよ」

そう言って、もう随分深くなったシワをいっぱいに広げながら満面の笑みになった。

私は、まるでモツが歯と歯の間に挟まってなかなか取れないぐらいに忸怩たる思いが脳裏に浮かんだ。

しめのチャンポンを食べようかと思ったが、それよりもやはり父の書斎が気になった。

「ごちそうさまでした」

両手のひらを合わせて、深々と頭を下げて母の手料理に感謝したのは、実際には、

「もうよかとね？」

と言って、まだまだ料理を出そうとする母に対する遠回しの返事だった。

私は、そそくさと立ち上がり、父の書斎に足を運んだ。父が亡くなって3年が経つが、彼が存命中の時さながらにきちんと整理整頓されていた。

私にとってこの部屋は、幼少時代の「怒られに行く部屋」であり、この部屋に呼び出されることが嫌すぎたあげく、思春期以降は一切近寄らなかったこともあり、母親となった今となってもあまり長居したいとは思わなかった。

ブレンドコーヒーを薄くしたような、ほぼ黒色に変色した机の上に、古びたアルバムが1冊、置いてあった。透明のソフトプラスチックカバーがしなびて曲がっていることからも、何度もこのアルバムを手に取ったのがよくわかる。

私は、少し「手アカがつくのが嫌だな」と思いながら、右手の人差し指と親指の先を使って、表紙をめくった。

1ページ目には、アルバムのタイトルがあった。

「可愛かった頃の和美」

そのタイトルを見た刹那、イラ立ちが起こった。可愛かった頃という過去形を使っているということは、ある時点で可愛くなくなったということだ。私はあの男のこういう無神経なところが嫌いなのだ。

とはいえ、事実、そのアルバムの2ページ目以降には私が明らかに「可愛かった頃」、すなわち赤ちゃんの時から小学校卒業までの写真のハイライトが並んでいた。

生まれてすぐに撮ったであろう真っ赤な顔をした猿のような全裸の私。まだ髪の毛がふさふさの父が、初めて私をお風呂に入れてくれた瞬間を切り取ったであろう写真。砂場で母と私が一緒に遊んでいる写真。あぐらをかいた父の上に座りながら父の顔を見上げる私。幼稚園の入園式で、園の前で父と母に両手をつながれている私。

どの写真も、私が真ん中にいた。

そんな感じで小学校卒業までの写真が続いた後、ページをめくると、そこには「美しくなってからの和美」というタイトルがつけてあった。そのタイトルを読んだ瞬間、私は、父に対してイラだった30秒前の自分を恨んだ。同時に、もう数ページ先をめくってみた。

「自立し、素敵な大人の女性へとなりつつある和美」というタイトルの後に高校時代から大学時代の私や家族の写真があった。「慈愛があり、可憐で、素敵な母親となった和美」とのタイトルの後に、母となった私の写真、孫の写真が並んでいた。

私は、思わずアルバムを閉じた。さきほどまでは無機質だったプラスチックカバーに一粒の涙が落ちた。

父は、私の成長を喜んでくれていた。辛い時も悲しい時も嬉しい時も、その瞬間瞬間を写真に収め、私と一緒に喜んでくれていたし、悲しんでくれていたのだろう。少なくとも私の記憶にそれはないけれど、記録は嘘をつかない。

ふと、アルバムに視線を落とすと、端にやや茶色に変色した紙片が挟んである。私はそのページを開き、紙を手に取った。

その紙は末吉のおみくじで、挟んであったのは私の中学時代の最後のページだった。高校受験を控えた時期だろう。私が高校受験の時に、父は太宰府天満宮に祈りに行ってくれたんだと思う。

「あなたの大切な家族に、愛を伝えなさい」というようなことが書いてある。そしてそのおみくじには、父の汚い字で、こう書いてあった。

「大きな病気もなく、和美をここまで見守ってくださってありがとうございます」

父は、間違いなく私を愛していた。でも、彼はそれを一言も私に伝えてくれなかった。もしかしたらあの日、私の腕を掴んで伝えたかったのはこのことかもしれない。

いずれにせよ、私は父に嫌われていると思っていたし、父を嫌っていた。きっと、お互いがお互いに嫌われていると勘違いしていて、距離を置いていたのだ。そしてその勘違いのせいで、父がいなくなってからもその思い出の場所から足を遠ざけてしまい、最愛の母とですら電話での連絡や母が上京するタイミングでしか会うことがなかった。
こんなに不幸なことってあるのだろうか。
私は、父のおみくじを元にあった場所に戻し、書斎を出て、荷物をまとめた。

私は自分の人生の嫌な部分を、父や夫や息子のせいにしていただけなのかもしれない。今になると当たり前のことだけれど、どんな環境であっても、決断をして行動をするのは自分。そして他人は変えられないけれど、自分は自分の意思で変えることができる。でも、私はこれまでずっと、自分ではなく、自分以外の人たちに変わってほしいと願ってきたし、なんで変わってくれないのかと恨んできた。自分の子どもにですらダメ人間とレッテルを貼ってきた。もう、根本的にそこを変えていくしかない。

「お母さん、ありがとう。私やっぱり家に戻る。そして、勇次に気持ち悪がられるかもしれんけど、とてもあなたが大切なんだってことを伝えようと思う」

母は、「それはよかことたいね。お父さんも私たちのこと大好きやったとよ」と言って、微笑んだ。

大切な人に大切だと伝えること、私は、そんな当たり前のことをないがしろにして、与えられる関係性に甘えて生きてきた。これからは、口に出すと照れるような言葉を口にしない人生こそが恥ずかしいと思って生きようと思う。

私は、「うん、知っとー。私も、お母さんのこと大好きやけんね。いつもありがとう」そう言って、福岡空港に向かった。

きっと勇次は、私が感謝を伝えても、それで何か変わるということはないだろう。私も40過ぎてやっとわかったのだから。

私たちはいつも、今日やったことがその日のうちに結果としてでないと不安になる。そしてうまくいかなかったらすぐやめてしまう。でも、きっと、40年かけて築き上げてきた習慣や関係性は40年かけて変えていくものなのだ。今日が凶でも、何十年か経てば末吉にはなる。末吉では満足できないかもしれないけど、誰かのために思いを込めて引いた小さな運は、その後の人生を少しずつ変えていくきっかけになるのだと思う。

「勇次、私の息子として生まれてきてくれてありがとう。それが全然伝えられていなかったね。ごめんね。本当にありがとう」

そう言う私を見て、息子は一瞬たじろいだ。声にならない言葉が、目元にうっすら浮かんだ涙に凝縮されていた。

びりから

格言

私たちはいつも、今日やったことが
その日のうちに結果として
でないと不安になる。
そしてうまくいかなかったら
すぐやめてしまう。
でも、きっと、
40年かけて築き上げてきた
習慣や関係性は
40年かけて変えていくものなのだ。

profile

坪田信貴

つぼたのぶたか

累計120万部突破の書籍『学年ビリのギャルが1年で偏差値を40上げて慶應大学に現役合格した話』（通称ビリギャル）や累計10万部突破の書籍『人間は9タイプ』の著者。これまでに1300人以上の子どもたちを個別指導し、心理学を駆使した学習法により、多くの生徒の偏差値を短期間で急激に上げることで定評がある。大企業の人材育成コンサルタント等もつとめ、起業家・経営者としての顔も持つ。テレビ・ラジオ等でも活躍中。新著に『才能の正体』（Newspicks book）がある。

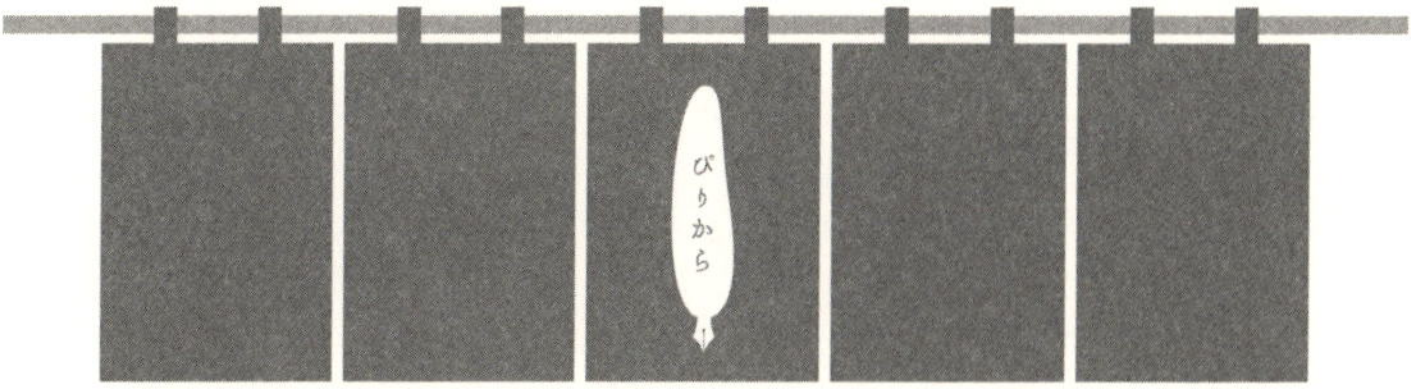

〔第5話〕

『ニュースワイド』の時間です。

小林麻耶

「また来週お会いしましょう。さようなら」

今週も苦しい1週間が終わった。
1時間の生放送で今日は一体何秒話せただろうか。
でもこの生活もあと少し。
私がいなくなっても番組は続いていく。
その現実が受け入れられないけれど、世界はそうやって回っていく。

上京して8年。
大学時代に福岡の地方局で学生キャスターとして情報番組のお天気コーナーを担当。卒業後、東京のフリーアナウンサー事務所に所属。

朝の天気を3年、スポーツ番組のアシスタントを3年。

星の数ほどいるフリーアナウンサーとしては順風満帆な経歴だろう。

自分でもそう自負していた。プライベートも犠牲にして、仕事だけ頑張ってきた20代だった。


あの時のことは今でもはっきりと覚えている。

目の前には事務所の社長、チーフマネージャー。

「『ニュースワイド』のメインキャスターに中村を起用したいとオファーがあった」

「えっ？　本当ですか?!」

「中村愛メインキャスター！　おめでとう！」

「本当に、本当に、ありがとうございます！」

やっと摑んだニュース番組のメインキャスター。

『ニュースワイド』と聞けば誰でも知っている番組。

毎週月曜日～金曜日、夜10時からの生放送。独自の目線でニュースに切り込む番組のテイストは視聴者にも受け、この時間帯にもかかわらず視聴率は10％を超える番組だ。メインキャスターを務めていた女性の結婚を機に次期キャスターを考えている、という噂は聞いていたが、まさか自分に話が舞い込んでくるとは……。これまでの頑張りを認めてもらえたような気がした。だからこの番組に命をかけるつもりだった……。

でも4月から半年、結果はついてこなかった。

「『ニュースワイド』の視聴率一桁に。中村愛キャスター降板か？」

「中村キャスター不人気。実力不足露呈」

「座っているだけのお飾り扱い。キャスティングミス」

毎週毎週、週刊誌の報道は過熱する一方。

確かに番組の顔である私に非難が集中するのは仕方がない。

日本CD大賞の司会も2年連続で務め、人気料理番組『キッチンですよ！』のアシスタントとしても評価を得た。しかし、メインキャスターの責任がこれほどまでに重いとは思いもしなかった。逃げ出したい。でも逃げられない。誰か助けてほしい。でも助けてくれない。もう限界のところまできていた。

目の前には事務所の社長。チーフマネージャー。

半年前と同じ光景なのに空気だけは重い。

「今年いっぱいでメインから降りてもらうことになった」

うすうす感じてはいたけれどあまりにも辛い現実。

「中村は頑張ったよ……」

別にそんな言葉をかけられても何も変わらないし、辛いだけ。

頑張ったつもりでいる。でも結果が全て。

「わかりました。ご迷惑をおかけして申し訳ありません」

それしか、言えなかった。


いつから自分の感情を押し殺して生きてきたのだろうか。

男性の隣に立って女性は華を添えるだけ。

そんな仕事が多かった。意見を言いたくても言えない空気。聞き分けがいい子を演じてきてしまった。

暗い玄関を開けた、その音が大きく聞こえる。誰も迎えには来てくれない。

窓から見える東京タワー。今日もライトは消えている。

もうしばらくライトが点いた東京タワーを見ていない。

旅行の時に眺めた東京タワーはキラキラと輝いていて、ただ見ているだけで幸せな気持ちになった。両親からは「何が楽しいの？」と言われたが東京タワーは格別なものだった。だが、今の私は東京タワーを見ても何も感じない。

キャスター降板まであと3ヶ月。

やめてしまったら私はどうすればいいの……。

携帯を取り出し、電話をかける。こんな時に弱音を吐ける相手は母しかいない。

「もしもし？　あ、お母さん元気？　ちょっと今日辛いことがあって」

「どうしたとね？　話してごらん」

その温かい言葉に涙があふれてくる……。

「……福岡に帰りたい」

「急にどうしたと？　あ、そうだ、あなたが好いとう十二堂えとやの梅の実ひじきと山椒じゃこひじきば送っといたけんね。それから結婚できるように恋木神社のお守りも一緒に入れといたけん。もしもし？愛……？」

「お母さん、ごめん……」

やっぱり電話をしなければよかった。

心の奥底に閉じ込めてきた感情が一気に噴き出しそうだった。ここで弱音を吐いたら全部がダメになる。もう東京で頑張れなくなる。番組を降ろされることは母には言わず、電話を切った。そのままソファに倒れ込むと、涙が止まらない。一人で泣くしかなかった。どれくらい泣き続けただろうか、大学時代の楽しい時期を思い出した。

大学2年生の時、食堂でご飯を食べていると広告研究会の先輩に「ミスコンに出てみない?」と声をかけられ、人生は大きく変わった。自信は全くなかったけれど、せっかくだから大学時代の思い出にとミスコンに出場した。将来のことなど考えてもいなかった。結果はグランプリを受賞。その副賞として地元のテレビ局でお天気キャスターとしての出演が決まっていた。あの頃は右も左もわからずただただ流れに身を任せることで精一杯だった。お天気の原稿を何度も何度も下読みし、間違えないように一文字一文字丁寧に読むように心がけた。放送中のことは記憶がないくらい緊張していた。そんな中でもすごく充実していたし、キャスターとしての自覚も少しずつ芽生えてきた。

「テレビ局のアナウンサーになりたい」
キー局のアナウンサー1本に絞って就活をしたけれど、そんなに甘いものではなかった。惜しいところまでいったテレビ局もあったけれど、あと一歩のところで採用はされなかった。そんな時今の事務所を紹介され、東京でこの仕事を始めた。私を落としたテレビ局を見返す。受かった子たちも見返してやる。フリーでも頂点まで行けることを見せつけてやる。そんな気持ちで突っ走ってきた。頂点まで上りつめたつもりでいたけど……。

突然電話が鳴った。『ニュースワイド』のプロデューサーからだ。
「愛、お疲れ。今週末、福岡のアイドルが新曲発売イベントをするそうだ。取材、行ってきて！」

「でもそれって、百合ちゃんが行く予定ですよね？」

「百合には、篠原大臣の取材に行ってもらうことになった」

「えっ、それは私が……」

「そういうことになったから、よろしく」

篠原大臣の取材はずっとあたためてきた企画だったのに、なんで後輩の百合に取られなくちゃいけないの。悔しくて悔しくてこの気持ちをどこにぶつけたらいいかわからなかった。


また携帯が鳴った。

もうなんなの。こんな夜中に。

「もしもし、久しぶり〜〜」

このキンキン声、聞き覚えがある。

「聞いたわよ〜。今週末、福岡に取材に来るんでしょ」

大学時代お天気キャスターをしていた番組のディレクター麗子さんだった。相変わらず情報が早い。

「麗子さん、何なんですか？　こんな夜中に！」

「『ニュースワイド』のメインになると天狗になるのね。よくわかったわ。だから低視聴率女王とか言われんのよ！」

「すみません……」

「まぁそんなんだからいい気味ね」

思ったことをズケズケと言ってくるのは昔と全く変わっていない。

「あの、麗子さん、私、今かなり凹んでいるんですけど……」

「あはは。それはそうよね、メインキャスター、クビになるんでしょ〜?!」

「もう何で楽しそうに言うんですか？」

「迎えに行ってあげるから、福岡に着く時間がわかったら連絡ちょうだいねー！」


今、福岡には戻りたくない。こんな状態で地元に戻ったら、また週刊誌に何を書かれるかわからない。最悪すぎる。でも仕事だから仕方ない。スーツケースを引っ張り出してきて、準備を始めた。

羽田空港から約2時間。年間2000万人が利用している福岡空港。荷物を受け取りゲートを出る。

「あ、お母さん、私。和美。今、福岡に戻ってきたけん、今からいってもよか？」女性が博多弁で電話をしながら通り過ぎた。懐かしい博多弁。東京に行ってから話さなくなったし、聞かなくなった。

「愛ちゃーん？　久々の福岡はどうよ？」

派手なサングラスに真っ赤なダウン。ヒールの高い靴で、ブランドのバッグ。

相変わらずだ。こんな派手な人は東京でもなかなかいない。

「麗子さん。お久しぶりです。相変わらずですね……」

「何よ？　最初から嫌味？　元気あるじゃない！　私、好きなのよ、このファッション！」

「すみません」

「謝るくらいなら言わないでよ。自分の言葉に責任を持ちなさい」

「はい……」

なんだかすごく懐かしいやり取り。やはりこの人には見透かされている。

麗子さんに初めて会ったのは大学2年生の時。

控え室で待っているとノックもせずに入ってきて、

「あなたが今度のお天気キャスター？　いかにもミスキャンパスです、私！　って感じがプンプンするわね〜。最初に言っておくわ。可愛くてチヤホヤされるのは今だけよ。この世界はそんなに甘くないから。メディアで生きていきたかったらそんな考えすぐやめなさい。覚悟がなければ今すぐ帰って大丈夫よ」

いきなりきつい言葉を浴びせられ、あまりの恐ろしさに号泣したのを今でも覚えている。正直、このキャスターの仕事は遊び感覚だった。就職活動にプラスになったらいいなくらいの軽い気持ちだった。その気持ちを一瞬で麗子さんに見抜かれた。

「私、頑張ります。精一杯やります」

泣きながら答えた。

「ハイ。ハイ。言葉が上っ面。みんな最初はそう言うけれど、すぐやめていくのよ。あなたがどこまで続くか楽しみだわ」

初対面の大人にそこまで言われる筋合いはない。なんだかすごく腹立たしかった。絶対に一番長く続けてやる。そこから私は猛勉強した。人気と実力が共にあると言われているお天気キャスターを研究し、毎日寝る間を惜しんで鏡の前に立ち練習した。気象予報士にお願いして個人的に講習も受けた。アナウンススクールにも通った。お天気キャスターを極めようと必死だった。

ある日の生放送の終わり、麗子さんに会議室に呼ばれた。

「愛、まあまあね！」

麗子さんの表情はとても明るく、顔をくしゃっとしながら笑った。

「あなたの心意気ちゃんと伝わっているわよ」

その言葉がどれだけ嬉しかったか。今でも鮮明に覚えている。

それから卒業までの2年間、麗子さんに怒られながらも一生懸命天気を伝えてきた。東京に来て、私は変わってしまったのかもしれない。

「ご飯、いつものとこでいいわよね？」

いつもの……という言葉ですぐわかった。麗子さんとよく行った西中洲にある三原豆腐店のことだ。美味しいものを罪悪感なく食べられるので常にダイエットをしていた私たちにはぴったりなお店。

「えーっと、豆乳豚ネギしゃぶ、それから生ゆば春巻、ちょうだい！」

「あいよ！」

「あ、まぼろしの厚揚げもお願いします」

「愛は好きだったわよね、厚揚げ。で、どう？」

「正直、辛いです……。メインキャスターなのにニュース原稿は他のアナウンサーがほとんど読むんですよ。私が読むのはほ〜んの少し。番組で発言もさせてもらえない。ただスタジオにいるだけの置物状態なんです。それなのに低視聴率女王とかって批判されて。髪の毛を短くしろとか前髪あげろとか中身ではなく外見のことを言ってきたり
……」

「もう、そんなこと聞いてるんじゃないの。最近、浮いた話ないの？」

「えっ?!」

私の愚痴を聞いてくれるためにご飯に誘ってくれたのかと思っていたのに……。

「東京でメイン張ってるって言っても、プライベートがそれじゃ〜ね……」

「私、どうしても『ニュースワイド』に集中したくて、せっかく摑んだチャンスだったから、全身全霊捧げたくて」

「うわ〜。古いわね、その考え。そんな小さなこと言ってるからメイン降ろされるのよ。集中することは素晴らしいことよ。でも周りを見ようとせず、一人で頑張っているつもりは全く意味なし。頑張りすぎは周りを辛くするわ。最初は番組であんなに意見言えてたのに、今はスタジオで座っているだけのお飾りになったんでしょ。それなら、私でもできるわよ」

「麗子さんにはちょっと……」

「何よあんた。顔が大きいって言いたいわけ？　10年早いわ！」

2人とも笑いが止まらなかった。久々に大声を出し

て笑った気がした。

結局その後も仕事の具体的な話はせず、大きな顔の麗子さんが今ハマっている小顔矯正の「サナール」というお店の話や中森明菜の「DESIRE」をカラオケで叫びながら歌い上げる人から告白された話で盛り上がった。笑えるって楽しい。ふと、頬を持ち上げる筋肉が重たくなっていたことに気づいた。ニュース番組に携わるようになり、打ち合わせも本番も反省会も、帰宅しても寝ていても24時間常に緊張の連続。いつしか笑うことさえも忘れていたのかもしれない。完全に本来の自分を見失っていた。美味しいご飯を食べ、笑い、学生時代の軽やかな気持ちを思い出した。大好きな豆腐生チョコをお土産に買い、麗子さんらしいピンクのド派手なスポーツカーで実家まで送ってもらった。

「今日はありがとうございました。麗子さんと久しぶりにお会いできて元気がでました」

すると、帰り際に麗子さんがこう言った。

「愛、あなたは自分の言葉

でニュースを伝えてないんじゃない？」

一体何を言っているんだろう。ちゃんと原稿を理解する努力をして、それを伝えている。

「いつかわかるといいわね。おやすみ！」

釈然としない気持ちのまま、車を降りた。

実家のぬくもり、香り、大学時代まで寝ていたベッドはやはり落ち着く。私は報道番組を担当してから、まともに睡眠が取れていなかった。この温かい気持ちのまま、ずっとこのままでいたい。久しぶりに眠ることができそうだ。ゆっくり目を閉じた。

「おはよ」

リビングに下りるとテレビから天気を伝える声が。

「今夜は雨になるかもしれませんので、傘をお忘れなく！」

まだ新人の子が元気いっぱいに天気を伝えている。学生時代担当していた、私の原点の番組だ。緊張しているのだろう。新人のお天気キャスターは噛んでばかりいたけれど、言葉はちゃんと伝わってくる。おまけにこれぞ博多美人という美しさ。麗子さんの指導を受けてるのかな〜。私もあの頃、必死にやっていたよな。

3歳になった妹の娘が大きな声で駆け寄ってきた。

「愛ねーね」

子どもの成長はとても早い。

「久しぶりだね。大きくなったね」

「今日ね、七五三の写真、撮ると。愛ねーねも来てー」


振り返ると、3歳年下の妹が綺麗な着物姿で立っていた。

「お姉ちゃん、元気だった〜？　会いたかったよ〜」

私は未だに独身だが、妹は由緒正しき家に嫁ぎ、しっかり妻として夫を支えている。来年には男の子が生まれるらしい。同じ家で育ってきたのに、いつからこんなに違ってしまったんだろう。

「せっかくやけん愛も支度して、一緒に行きましょう、早く！」

ずっと一人で暮らしてきたから母の強引さは鬱陶しく感じたけれど、

自分のペースで過ごせないこの感じがなんだか懐かしくて、支度を始めた。

「今日お休みだし、行こうかな」

「やったぁ！　やったぁ！　やったぁ！」

姪っ子は嬉しそうに、ぴょんぴょんと跳ねている。

「ほら、そんなに飛んでると怪我するわよ」

あんなにおっとりとしていた妹がちゃんと母親になっていた。


姪っ子は小さな手でしっかりと私の手を握り、警固神社に向かう。

そこは通い慣れた道。発声練習をした公園。ミスキャンパスに出場する時に髪の毛をセットしてもらった美容院。香純さん、今も働いているのかな？

参道を歩いていると、すれ違う人が、

「可愛いね」

「お似合いね」

と姪っ子に声をかけてくれた。小さい子が着物を着て元気よく歩いているのが微笑ましく映るのだろう。

その度に姪っ子は、

「ありがとうございます。私は、赤が好きなので、赤の着物です。大きくなったら『アナと雪の女王』のエルサになりたいです。髪の毛は片方にして、こうやって、みちゅあみにして、ゴムでとめて、結んで、ママがやってくれたと。エルサと同じで嬉しいです」
と説明している。3歳なのに、自分の言葉で話している。知ってい
る言葉の中で自分の気持ちを一生懸命伝えている。すごいな。

「自分の言葉でニュースを伝えてないんじゃない？」
麗子さんの言葉が頭をよぎった。私は……原稿を間違えないように、
ただ読むだけになっていたのではないか。福岡でお天気キャスターを
やっていた時は、話すトーン、スピード、目線、仕草、服の色、どう
したら伝わりやすいか、全てを考えて、言葉に気持ちをのせてきた。
だけど今はどうだろう。毎朝視聴率で一喜一憂し、ネットで評価を見
て批判を読んで落ち込む。放送では伝えるどころか、自分は原稿をち

やんと読めます！　とアピールしていた。そしていつもなぜ発言させてもらえないのかと憤りを感じながら番組に出演していた。自分が何を伝えたいのか、視聴者が何を知りたいのか、テレビに出る者としての一番大事なことを忘れていた。心が何も入っていなかった。そんなことで、原稿が自分の言葉になるはずなんてない。

「ねーね、なんで泣いているの？」

姪っ子が、不思議な顔でこちらを見ている。

悲しくないのに、涙が止まらない。


5秒前、4、3、……

「こんばんは。『ニュースワイド』の時間です。最初のニュースは篠原大臣の……」

今日が最後の出演だ。せめて最後くらいは自分の言葉で伝えたい。

「9ヶ月間、とても貴重な経験をさせていただきました。力不足で、多々、お見苦しい面もあったと思います。申し訳ありませんでした。最後までご覧くださっ

た皆さま、本当にありがとうございました」

かっこ悪いかもしれない。でも、これが今の私の本当の気持ちだ。

放送後、電話が鳴った。

「まあまあね！」

麗子さんからだった。

1年後。

まさかこんな形で福岡に戻ってくるなんて。

突然決まったＣＤリリース。
レコーディングスタジオでマイクを前に歌う私。
タイトルは「めんたいブルース」。
素直に自分の気持ちを綴った歌だ。

未来はとても面白い。

びりから

格言

他人の評価を気にし過ぎると、
自分を失っていく。
自分の言葉を持ち、
自分の人生を生きていこう。

profile

小林麻耶

こばやしまや

1979年新潟県小千谷市生まれ。青山学院大学文学部英米文学科を卒業後、2003年にTBSに入社。アナウンサーとして「チューボーですよ！」「日立世界ふしぎ発見！」「王様のブランチ」などの人気番組を担当し、「輝く！日本レコード大賞」の司会を5年連続務める。2009年よりフリーアナウンサーとなり、テレビ、ラジオで多くの番組に出演。現在は所属事務所を退社し、新たな道を歩み始めている。
Instagram アカウント　@maya712star9

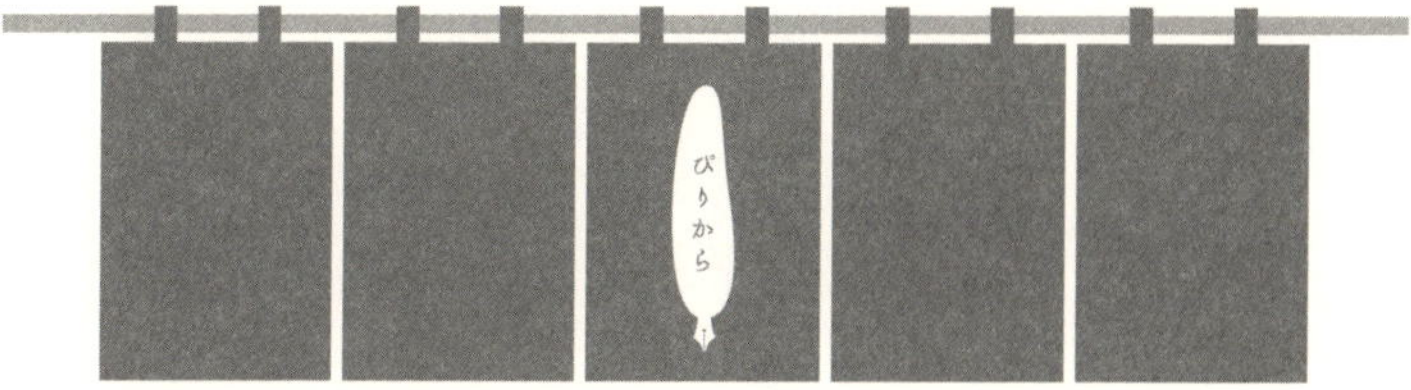

〔第6話〕

伝え方が1割の男

佐々木圭一

大根を、思いきり切ったような音がした。
隣に座っている新人くんの頭上を見ると、壁に大きな三角定規がつき刺さっている。デザイン事務所にある三角定規は、大きくて重い。突然ウルトラマンのような頭になった彼は、地球で最も弱そうで、泣きそうな顔をした。今日も社長が怒っている。

「バカもんが！　なんで、言った通りにできんとや!!」

小柳の声が響いた。
会議室には5人いるけど、誰も声を出せない。ボクは完全に気配を消し、「こちらただのイスです。気にしないでください」とばかりにイスと同化していた。

ここは、福岡にあるデザイン事務所。小さいけれど、地元のCMや広告のデザインを手がけている。窓からの陽射しに春の気配を感じはじめた午後のこと、事件は起こった。

社長が指示を出したのだ。

まぁ、社長が指示を出すのはごく自然なんだが、小柳の場合はコトバよりも先に、三角定規が飛んでくることがあった。ここで営業を2年やってきたボクには見慣れた光景も、初めて体験した新人には、道を歩いていたらダース・ベイダーに攻撃されたようなインパクトだと思う。

デザイン事務所には、とがったものが多い。三角定規、コンパス、カッター。それだけでなく小柳が怒るとスリッパ、ポテトチップス、そばにあるものはだいたい飛んで、壁や人にあたった。どんなにかんしゃくを起こした幼児であったとしても、もう少し冷静に投げるものを選ぶだろう。ポテトチップスは相手まで届かず、紙吹雪のように美しく舞った。

この事務所では、こんな「きちんと頼むね」のミーティングがよく見られた。

今回、確かに新人くんの出してきた資料は、ボクの目にも詰めが甘かった。本人も完璧だとは思っていなかったかもしれない。でもまさか、それで三角定規が手裏剣のように飛んでくるとは思ってもいなかっただろう。

新人くんは、デザイン学校を出ているからひととおり三角定規の使い方を学んできているはずだ。でも、こんな使い方ができるとは学んでなかったはずだ。学問とリアルの現場は、やはり違うのだ。

あと2センチずれていたら、新人くんの頭から赤いビームが出て、もうひとつ学校では学ばない技を覚えていただろう。

新人くんは翌日から来なくなった。小柳は荷物の残った机を見て、

「おい山本、近頃の若いもんは、根性がたりんし、なんで言った通りにできんとや！」

なぜかボクにあたってきたが、少し寂しそうな顔をした。どう答え

ようかと慌てていると、小柳は何も言わずに立ち去った。

こんな調子だから、この会社は人の入れ替わりが激しかった。デザイン事務所という、一見はなやかな光に若者は吸い寄せられ、入ってくるたび三角定規で叩きつぶされた。

新人に対してだけじゃない。小柳は取引先に対してもちょっと、いや、かなり問題があった。大至急の納品があり、町の印刷所である加藤印刷にお願いした時のこと。ここは加藤社長一人で切り盛りしているけど、技術には定評があるところだ。

「その日程やと、ちょっと間に合わんねえ」

との返答を、ボクから小柳に伝えると、

「どげんかせんかって、言え！　出入り業者なんやから」

その甲高い声は、携帯ごしにも聞こえてしまっていたかもしれない。間に立たされたボクは、たまったもんじゃなかった。ふだんから顔色が悪いと言われるボクも、この時ばかりは映画『アバター』のナヴィ族なみの青さだったと思う。携帯ごしに、腹筋が鍛えられるくらいおじぎして加藤社長に頼み込んだが、

「……山本くんには悪いけど、あんたんとこの仕事は受けられんよ」

そう言われ、切られた。別の印刷所を探すのも大変だったが、何よ

り痛手だったのは、加藤印刷との取引がなくなったことだった。

クライアントに対しても同じだった。

ボクら営業が何度も通ってプレゼンにたどり着いた「ひよ子本舗吉野堂」。ここの主力商品、ひよ子の広告を提案することになった時のこと。営業の目からしても、アイディアには自信があった。小柳が話しだした。

「このお菓子の一番の魅力は、カタチです」

小柳はポスター案を、テーブルの上に置いた。

「ひよ子をお菓子と考えるのではなく、生き物として考えましょう。今の菓子箱を和菓子風ではなく、鳥小屋のようなデザインに。店頭のディスプレーも鳥小屋に入った、ひよ子というイメージで」

それは従来の和菓子のポスターではなかった。ひよ子が、まるで生きているかのように鳥小屋をエンジョイしているビジュアルだ。

「写真の撮られやすさを考えるのです。今は、SNSの拡散がものを言う時代です。和菓子を買わない若者たちにも、もっと愛されるものになりますよ」

これを世の中に出せたら、可愛いものになっていただろう。評判にもなるかもしれない。みんな期待を込めて反応を待った。……自然と、ひよ子の宣伝担当者に視線が集まった。

「わかるのですが、当社にはちょっと合わないかと」

時代の流れに合わせて、何かを変えたいと宣伝担当者からは聞いていた。しかし、長年培ってきた和菓子のイメージに自信もあったし、本当にそんなチェンジをしてしまっていいか信じ切れなかったのかもしれない。自信満々だった小柳の顔がくもった。

「このデザインこそ、御社にベストなデザインです。世の中は刻々と変化しています。御社も変わらないと。まあ……わからんかもしれませんが」

これでプレゼンは終了した。なんとも後味の悪い終わり方だった。

帰り道に誰もが思った。

『社長のあの言い方はないよな……』

ひとつひとつ積み上げてきたものを、数秒のコトバで崩されてしまう。無力感に涙が出そうになる。怒りでも悲しみでもなくただ、自分の無力感が悔しかった。ボクもそろそろ転職を考える時かもしれない。きっと他のみんなもそう思っているだろう。歩きながら小柳が呟いた。

「なんで、わからんとや。あそこの会社のためなのに……」

ひとつだけ小柳をかばうことができるなら、実は悪気がないのだ。子どものように思ったまま話してしまう悪いクセがあった。そのクセが原因で、会社は緩やかに崩壊しようとしていた。

そんなある日、インターン志望という女の子が面接に来た。美大の3年生という。小柳と手が空いているボクが面接することになった。

「高原葵と申します」

丸顔で、美人ではないが、愛らしい。瞳をきらきらさせて、将来デ

ザインの仕事をしたいという。隣の小柳は目を上げない。

「なぜ、うちを志望したと？」

「もちろん他にもデザイン事務所はあります。ですがこちらでデザインされているフリーペーパー『ＢＯＮＤ』が好きなんです」

履歴書を見ていた小柳が、目を上げた。『ＢＯＮＤ』とは、利益にならないながらも、小柳が愛情を注いでいる仕事だ。

「手に取った時、すぐに情熱のようなものが感じられたんです。ページをめくっていると胸が熱くなりました。これをつくっている人に学びたいと思ったんです」

※伝え方のレシピ「認められたい欲」

たかが学生のコトバだといつもの小柳なら、思ったかもしれない。でも今回は違った。小柳が最も言われたいことをズバリ言われたのが、ボクにもわかった。この事務所ではみんな、仕事の大きさにかかわらず、情熱を込めてデザインをしている。それが伝わっていたのが小柳も嬉しかっただろうし、ボクも嬉しかった。

その一言で、インターン採用が決まった。

伝え方のレシピ

料理にレシピがあるように、伝え方にもレシピがあります。知っていれば誰であっても上手に伝えることができるようになります。

「認められたい欲」

人は認められるとその相手の希望をかなえたくなります。

上司と部下の関係で効果的です。

「採用してください」だと、ただのお願いでしかないのですが、「これをつくっている人に学びたいと思ったんです」と言われると心が動くのです。

ある日の夜、とんでもないトラブルが起こった。
金曜の夜8時。仕事を終えたみんなはパソコンの電源をおとし、ボクも街にくりだそうとした直前だった。
クライアントである福岡県大牟田《おおむた》市から、今日納品のパンフレットが届いていないという連絡が入ったのだ。電話を受けたボクは血の気がひいていくのがわかった。納品のスケジュールを1週間、間違えていた。

「す、す、すみません！」

窓に映るボクの顔は、青を超えて緑っぽくなっている。

ここまでカメレオンのように顔色を変えられるなら、ジャングルの中でも、生き抜けるかもしれない。でも、この特殊能力は今の状況には何も役に立たない。小柳は逆に真っ赤な顔をして、

「バカもん！！！！」

とは言ったものの、相当まずい事態。

今回の週末納品は絶対だった。世界遺産に登録された大牟田市の三池炭鉱が、日曜日にテレビ放送される。それに合わせてパンフレットをつくっていたのだ。用意できていないと、とんでもない機会損失になってしまう。

インターンの高原も含め社員総出で、市内にある印刷所にかたっぱしから電話することになった。でも金曜のこの時間なだけに、ほとんどがつながらない。つながったとしても、

「この時間からでは、さすがに無理ばい」

と断られる。リストアップした印刷所は、みるみる斜線が引かれていく。リストを見ていた高原が何かに気づいた。

「ここには電話しないんですか？」

それは前に大もめして、出入り禁止になった加藤印刷だった。ボクは電話をせずに斜線を引いた。

「そこは……いい。無理やけん……」

「ここ、歩いて行ける住所ですよね。私、行ってきます」

高原は一人飛び出していくと、15分ほどで戻ってきた。

「やってくれる、とのことでした」

「ほらな、……え?!」

「やってくれる、とのことでした！」

「ええ?!　どうやって交渉したと?!　加藤社長は、絶対に引き受けんはずなのに……」

こういうことだったらしい。高原が着いた時、加藤印刷はしまる直前だった。そこに高原が駆け込んだ。いきさつを説明すると、

「そのスケジュールじゃ無理ばい」

と断られた。だけどそこで高原はこう言ったという。

「こんなお願い、非常識なのはわかるのですが、でも加藤さんしかいないんです。他の印刷所じゃだめなんです。加藤さんのところでしか、求めるクオリティを出せないんです！」

※伝え方のレシピ「あなた限定」

その情熱に、加藤社長は押された。そして呟いた。

「それは、そうかもしれんな……」

伝え方のレシピ

「あなた限定」

人は「あなただけ」と言われると、自分だけ特別な存在として扱われたことで、相手の話にこたえたくなるのです。

「なんとか印刷してください」だと、ただの強引なお願いでしかないのですが、「加藤さんのところでしか、求めるクオリティを出せないんです」と言われると心が動くのです。

加藤社長には、高原と同じくらいの娘がいるという。娘と同じ歳はどの子が、必死にお願いする仕事へのひたむきな姿と、その伝え方に胸を打たれたと言った。

「ただ、これからの作業になるけん。きみも手伝いんしゃい」

「はい！　すぐに、入稿データを持ってきます」

なんと、高原と加藤社長は土曜日中に印刷を完了し、無事に納品することができてしまった。このミラクルに、ボクは高原のことを、一瞬惚れそうになった。

三池炭鉱がテレビ放映された時には、しっかりパンフレットが設置されていた。評判も上々だった。一番の名所である赤レンガの宮原坑は、日本の近代化を支えた炭坑で、当時は日本でも有数の石炭の採掘量を誇ったという。

ボクも何度か仕事で訪れたが、実際この赤レンガの

前に立つと、この地面の下で数万の人が働いてきたという事実に、圧倒される。レンガを触ると、先人たちの汗を感じてちょっと震えそうになる。彼らがいたから、今のボクらがいるのだ。世界遺産に登録されたのも、素人ながらわかる。

この一件から、小柳の高原を見る目が変わった。大切な打ち合わせにも参加させるようになった。すると、その伝え方がすごかった。

地元デパートのプレゼンの準備で、自信の1案に絞って持って行こうとしていた。すると高原は、

「あの、2案とも持っていったほうがよくないですか？　私がプレゼンを受けるほうだったら『A案かB案どっちがいいですか？』って言われたほうが、なんか嬉しいです」

※伝え方のレシピ「選択の自由」

そのコトバに、確かにそうかもな、という話になった。実際2案でプレゼンすると、片方の案に決まった。これは他のプレゼンでも応用がきいた。もちろん100％ではないが、明らかにプレゼンで採用される率が上がった。

伝え方のレシピ

「選択の自由」

2つ以上の選択肢があると、人はそこから思わず選んでしまいます。どちらを選んでも、自分のやってほしいものを2つ並べるのがポイント。

「この案を買ってください」と言っても、なかなか人は決断できませんが、「A案かB案どっちがいいですか?」と言われると選びやすいのです。

うちはデザイン事務所だが、小さい会社なのでイベントの手伝いも引き受ける。福岡のテレビ局主催の公開イベントで、見学者の誘導をすることになった時。その日はミスキャンパスからお天気キャスターになった中村愛が初登場とあって、大学からにわか応援団がつめかけていた。たまたまボクの持ち場は入り口近くのステージを見渡せるスポット。そこで渋滞が起こってしまった。

「立ち止まらずに、前に進んでください！」

と言っても、大学生たちは動いてくれない。ますます大渋滞になってしまった時。サポートに来てくれたのが高原で、こうアナウンスしたのだ。

「進むと、もっとよく見える場所があります！」

※伝え方のレシピ「相手の好きなこと」

惚れ惚れする伝え方だった。聞いた大学生たちは自ら前に進んでくれて、大渋滞がみごと解消されたのだ。気づくとボクは、高原の横顔に見とれていた。

それだけではない。会場の外にミスキャンパスたちの等身大パネルがあり、それに人が触れて壊れやすくなっていた。立て札に、

「触らないでください」

とつけているのに、人が触ってしまう。どうしようかと困っていた時、高原は立て札を見てひらめいたのか、こうしたらどうですかと書き換えた。

「薬品が塗られているので、触らないでください」

※伝え方のレシピ「嫌いなこと回避」

それ以来、誰も触らなくなり、等身大パネルも壊れなくなった。

伝え方のレシピ

「相手の好きなこと」

基本でありながら、最強。人に好かれる伝え方ナンバーワン。相手に好感を持たれながら、こちらの希望を通すことができます。

「立ち止まらずに、前に進んでください！」だと人は押しつけに感じますが、「進むと、もっとよく見える場所がありますす！」と言われるとサービスに感じ、自ら行こうと思うようになります。

「嫌いなこと回避」

これ嫌いでしょ？　やめときましょう。という伝え方です。効かない人に効く、強力な効果を発揮する、最後の伝え方です。

「壊れやすいので、触らないでください」と言われると、あまのじゃくに触る人も出てきますが、「薬品が塗られているので、触らないでください」とあると触りたくないですよね。

最近では、高原はますます仕事に呼ばれるようになった。インターンなのに言いたいこと言って、スミマセンという感じであっけらかんとしている。みんなから愛されていたし、小柳も一目おいている。

「高原、おまえが話すと、面白いようにうまくいくな。どこで学んだと？」

高原の首をかしげる姿が、ドキッとするほど可愛い。

「えーー、わかんないです。言うこときかない弟たちとよく遊んでいて身についたのかな。ただ私は、相手がどう考えているかを想像して話しているだけなんです」

「相手がどう考えているか……」

「それだけです」

「それだけか……」

インターンでありながら、高原の天然で人を動かす伝え方は、大人たちにも伝播していった。確かに、どんなにいいデザインをしたとしても、それが伝わらなかったら意味がないかもしれない。ボクもひそかに何かを話す時、高原のことを思い浮かべた。いや、正直に言うとボクは高原のことを、どこか意識するようになっていた。

小柳のデザイン事務所は、明らかに新規の仕事を勝ちとるようになった。デザインは評価され、雑誌の取材も入るようになっていった。みんな忙しかったけれど、雰囲気はよかった。激励は飛んでも、前のように三角定規が飛ぶことはなかった。

そんなある日、ボクは一本の電話をとった。話を聞いて全身の毛穴が開いた。すごい仕事が来てしまった。

「福岡県PRの仕事が来ました！」

オフィスに歓声があがった。それは、福岡県を代表する仕事といってもいい。「うどん県」で有名になった香川県をはじめ、全国の県が

ＰＲする時代が来た。いよいよ福岡県も、ＰＲを始めるというのだ。その電話に、涙ぐむ社員もいた。

「この仕事が来たのは、一人一人の成果たい」

小柳が言った。「でも、大きな仕事やけん。甘くはないと思っとる。全員の力をかしてほしい。一緒に、頑張ろう」

※伝え方のレシピ「チームワーク化」

こんな言い方を小柳がかってすることはなかった。事務所が明らかに変わり始めているのを肌で感じた。

伝え方のレシピ

「チームワーク化」

「一緒に」はマジックワードです。言われること自体が嬉しいし、誘いにのりたくなるのです。

人は「頑張ってくれ」と言われると、どこか負担に感じますが、「一緒に、頑張ろう」と言われるとよりやる気を出しやすいのです。

福岡県は必ず実施するかどうかはわからないという。初めての試みなので、提案の内容で判断するという。その条件さえも、みんなの結束力を高めた。

ボクらは、寝る間も惜しんで準備を始めた。福岡県の魅力を総ざらいし、どうしたら伝わるかを考えた。たくさんの案が生まれては、消えていく。体力的にはみんなきつかった。でも、「絶対に成功させるのだ」という気持ちが上回っていた。

数百のキャッチコピー案の中から、やみつきの刺激がある県、ということで、

「ぴりから　福岡県」

を提案することに決まった。提案の内容には自信がある。あとはそのよさが伝えられるか、それにかかっている。

提案の日の朝。出発の準備をするみんなに、小柳が言葉をかけた。

「今日までみんなありがとう。最高の提案ができると思う」

※伝え方のレシピ「感謝」

「実現すれば、この福岡の魅力を、日本中に知らせることができる。これはビジネスの提案じゃなか。福岡の未来をつくる提案たい」

伝え方のレシピ

「感謝」

人は一日に31回「ありがとう」と言えるタイミングがあります。でも実際は10回も言っていません。「ありがとう」と言うだけで相手と近づくことができます。そこにほのかな信頼関係が生まれるのです。身近な人にこそ使ってほしい、かんたんですが、非常に有効なレシピです。

それを聞いて、ボクは震えていた。少し涙ぐむ社員もいた。あとは提案でうまく伝わるか、それだけだ。みんな疲れていたが、いい顔をしていた。そんな中、高原だけは少し寂しそうな顔をしていた。今日がインターン最終日だった。このプレゼンをのりこえたら、実は、ボクは心に決めていたことがある。

高原に告白する。今日しかないと思っていた。

……福岡県庁でのプレゼンが終わった。全てを出し切ったと思う。あとは結果を待つだけだ。徹夜続きだったみんなは、充実感を持ちながらも完全に灰になった。プレゼンの後は、オフィスに戻ることもなく、風と共に散っていった。

ボクにはもうひとつのプレゼンが待っていた。事務所の前を流れる那珂川のほとり。約束していた時間に、高原は現れた。

「お待たせしました！」

高原は普通を装っているが、ボクの気持ちはバレていたかもしれない。

「あの、高原にさ、話したいことがあって」

高原がボクを見つめている。勇気を振り絞った。高原に教わった伝え方を、全て盛り込んで。

「高原、この3ヶ月ありがとう。高原がおってくれたことで、事務所のみんなが変わることができたんよ。ボクは高原のインターンが終わったからってこのまま、会えなくなるのは嫌なんよ。気づくと高原のことだけを考えとった。今日から一緒にいてほしいんよ。まず今夜、高原の行きたいって言っとった屋台か、地酒のお店どっちがいい？」

これは、ボクの卒業試験だ。先輩後輩から、次の関係に進む試験だ。

博多のど真ん中を流れる那珂川に、太陽がきらきら反射している。高原の目にはボクが映っている。

「好きって言ってほしかったな。すなおに」

高原は、グーでボクの胸をパンチした。

ぴりから

格言

思ったまま話したって、
逆に伝わらないんだ。

profile

佐々木圭一

ささきけいいち

コピーライター／上智大学非常勤講師。上智大学大学院を卒業後、博報堂を経て、株式会社ウゴカス設立。「カンヌ広告祭」でゴールド賞含む 計６つのライオンを獲得。著書『伝え方が９割』は、2013年ビジネス書ランキング１位（紀伊國屋新宿本店調べ）を獲得。Twitter版『伝え方が９割』@keiichisasaki

おわりに

いつも前ばかり向いて走ってきた。
鈍色に染まった過去の一幕なんて、うじうじ振り返らず、前へ進んできた。

僕の少年時代は、自分のやりたいことを何でも自由にやれる今とは対極的な「暗黒時代」だった。生まれ育った福岡県八女市は、都会っ子には想像もつかないほどのド田舎だ。あまりにも田舎すぎて、映画館すら一つもないほど遅れていた。
僕のオヤジは典型的な昭和世代で、地元の高校を卒業したあと、地元のトラック販売会社に就職し、転職することもなく1ヶ所でずっと働き続けた。

小さい頃の僕の記憶には、両親との楽しい思い出が刻まれていない。オヤジも母親も共働きであまり家にはおらず、祖父の家に預けられることも多かった。

少年時代の僕の退屈しのぎは、自宅に鎮座していた百科事典を繰って熟読することだった。森羅万象について余さずわかりやすく解説してくれる百科事典は、まさに知識の泉だ。そこから滾々《こんこん》と流れ出る叡智を、僕はスポンジのように吸収しまくった。

百科事典から得た知識をオヤジの前で披露すると、オヤジはたちまち「せからしか！」（「やかましい」という意味の方言）とブチギレてビンタをかます。それだけではない。口が達者な僕にイラつき、庭の木に縛りつけたこともある。昭和世代のオヤジたちには珍しくない話だが、今なら完全に児童虐待だ。

父だけでなく、母にも心を開けなかった。どういうわけか、母は柔道を押しつけることに拘泥していたのだ。柔道なんて全然興味がないのに、小学校の6年間を通じて道場へ強制的に通わされた。放課後の貴重な自由時間をさいて、自転車で30分かけて道場に通う。警察官の柔道家に1時間半もシバかれ、また30分がかりで自転車で帰る。こんな苦行を週3

日間、6年間続けた。

両親の呪縛からようやく脱することができたのは、中学生時代のことだ。小学生の頃たまたま観た映画「ウォー・ゲーム」のことが、ずっと頭にこびりついていた。北米航空宇宙防衛司令部（NORAD）のコンピュータに高校生のハッカーが侵入し、第3次世界大戦を引き起こしそうになるストーリーだ。

「コンピュータにはこんなものすごい力があるのか。コンピュータを使えば、八女になんて二度と帰ってこなくてもいいかもしれない。オレは絶対コンピュータを手に入れて、世の中を変えてやる」

僕は八女の中学校ではなく、九州屈指の進学校・私立久留米大学附設中学・高校に合格した。「附設に受かったんだから、合格祝いにコンピュータを買ってほしい」「ゲームをやるのが目的じゃない。これから絶対コンピュータの時代がやってくる。そのための勉強をするために必要なんだ」とかナントカ口八丁を駆使して、中1のときに当時7万円のコンピュータを買ってもらった。

中2になると、もっとハイスペックのマシーンがほしくてたまらなくなる。そこでアルバイトで返す約束で、親から20万円借金してマシーンをゲットした。

バカ真面目に学校で勉強なんてやってる場合じゃない。コンピュータを使えば、世の中に革命を起こせる。革命家として世界に打って出るタイミングに出遅れないように、こんなところで二の足を踏んではいられない。僕は生き急いでいた。

八女はあまりにもド田舎だったため、中学生にできるアルバイトなんて新聞配達しかない。早朝の新聞配達はキツかったが、コンピュータの借金を返すためにはほかに手段がなかった。

八女から久留米まで自転車通学するのも、大変な苦行だった。なにしろ10キロは離れていたから、片道40～50分もかかるのだ。これだけの距離を毎日チャリ通していた附設生は、たぶん僕くらいだと思う。

女子となんて、これでは接触するチャンスはない。サマースクールで知り合った女の子とデートしたことはあるが、八女から福岡まで出かけて映画を観るなんて芸当は、1ヶ月に1回できるかどうかだ。女っ気なんてまったくなく、童貞を捨てられないまま、僕は鈍色に染まった10代を過ごし続けた。

故郷・八女にルサンチマンを抱き、中洲・天神の都会にときどき片足だけ突っこみ、その先にある東京へは手が届かず憧れを抱く。とんでもない発想をもつ天才たちと夜が明けるまで語り続け、思いきり刺激を受けたい。底知れぬＤＥＳＩＲＥ（欲求）に駆られ、僕は東京大学へ進学して故郷を捨てた。

それからの僕はライブドアを立ち上げ、プロ野球の球団やテレビ局を買収しようとしたが、東京地検特捜部に逮捕されて刑務所にまで収監されてしまった。そんなことくらいでへこたれてはいられない。今は何百もの仕事を同時進行させながら、北海道大樹町で日本初の民間ロケット宇宙到達に挑戦している。

コンピュータのおかげで、今の僕がある。コンピュータのおかげで、少年時代に脳内で妄想した夢が一つひとつ形になりつつある。

鈍色に染まった過去の一幕を、消しゴムで消し去る必要なんてない。あの過去があるおかげで、今の僕がある。今回、小説を書くことでそう思った。

たとえ一時的につらいことがあっても、「自分は波瀾万丈の人生をステージで演じているのだ」「こんなものは悲劇の一幕だ。もうすぐ幕は閉じる」と達観してしまえばいい。

そして、いつも前だけを向いて走り続けるのだ。

2018年11月　堀江貴文

著者と編集者の打ち上げ。
みんな酔いました。

「ご来福」しよう

福岡では、知人が来ると
「○○さん、ご来福」と言います。
なんと縁起のいい響きでしょう。
その人に福が訪れそうな。
実際、福岡は歴史的にも
究極のパワースポットが集まる地。
さあ、あなたも「ご来福」しよう。

受験や試験にのぞむ時、一番大切なのは
それまでの努力を十分に発揮できること。
学業成就を期待できる神社を参拝し、ご利益を授かりましょう。

太宰府天満宮

学業

のご利益

試験や受験、人生の節目に訪れたい
学業運アップの神社

太宰府天満宮《だざいふてんまんぐう》

平安時代前期の学者・政治家・文人、菅原道真公の御神霊を祀る「太宰府天満宮」。全国に約12000ある天満宮の総本宮と称され、年間約1000万人が参拝に訪れています。

太鼓橋《たいこばし》・心字池《しんじいけ》

「心字池」は漢字の「心」という形に造られています。

information

太宰府市宰府4-7-1
電話 092-922-8225
時間 開門… 春分の日～秋分の日6：00
　　　　　　それ以外6：30
　　 閉門… 4～5月、9～11月19：00
　　　　　　6～8月19：30、12～3月18：30
交通 西鉄太宰府線太宰府駅より徒歩5分
駐車 あり（1回500円）

今も昔も恋する女性の気持ちは変わらないもの。
古くから縁結びにご利益があると伝わる神社を
訪れて、良縁を願いましょう。

宝満宮竈門神社

恋愛
のご利益

恋するあなたを応援！
縁結びスポットで恋愛運アップ

宝《ほう》満《まん》宮《ぐう》竈《かま》門《ど》神《じん》社《じゃ》

宝満山の頂上に上宮が、麓に下宮が鎮座しています。主祭神は、初代神武天皇の母として知られる玉依姫命《たまよりひめのみこと》。魂（玉）と魂を引き寄せる・引き合わせる（依）というご神徳を慕われ、「縁結び」の神様として古くから信仰されています。

再会の木

この木に向かい、好きな人やまだ見ぬ人との出逢いを祈れば叶うと言われています。

information

太宰府市内山 883
電話 092-922-4106
時間 参拝自由（授与所は 8：00 ～ 19：00
祈願受付は 9：00 ～ 16：00）
交通 太宰府駅よりコミュニティーバスまほろば号
内山バス停すぐ
駐車 隣接する有料駐車場あり

神功皇后を主祭神に、勝村大神・勝頼大神を合わせ祀る
神社で、何事にも打ち勝つ開運の神として、仕事運を祈願。

宮地嶽神社

仕事
のご利益

仕事運アップで
ライバルに"勝つ"

宮地嶽神社《みやじだけじんじゃ》

祭神の神功皇后が、三韓征伐の前に開運祈願したと伝えられている「宮地嶽神社」。「何事にも打ち勝つ開運の神」として、約1700年も前から信仰されています。近年はCMに登場した光の道でもおなじみです。

日本一の大注連縄《おおしめなわ》

長さ 11m、直径 2.6m、重さ 3t もある大縄。この中には、皆様方の願いを込めた祈願紙が入っています。

information

福津市宮司元町 7-1
電話 0940-52-0016
時間 参拝自由（授与所は 7：00 ～ 19：00）
交通 九州自動車道古賀 IC より約 20 分
駐車 あり

安産、美容、長寿と、健康にまつわる神社で、
健やかな毎日をお願いしませんか？

宇美八幡宮

健康
のご利益

願うは美と健康！
無病息災をお願いしよう

宇《う》美《み》八《はち》幡《まん》宮《ぐう》

安産・育児の神様として知られる宇美八幡宮。神功皇后が応神天皇を出産する際に取りすがったと伝わる「子安の木」、応神天皇の産湯に用いられたとされる「産湯の水」などがあります。

産湯の水

安産の水として親しまれています。持ち帰ることもでき、産湯に混ぜて赤ちゃんの健康を祈る人も多いそうです。

information

糟屋郡宇美町宇美 1-1-1
電話 092-932-0044
時間 参拝自由
（授与所、祈願受付は 8：00 ～ 18：00 頃）
交通 JR 宇美駅より徒歩約 5 分
駐車 あり

金運上昇にご利益があると話題の神社や寺院が
福岡県には点在しています。商売繁盛や仕事運のアップもお願いして、
総合的な金運アップをめざしてみましょう。

十日恵比須神社

金運
のご利益

宝くじを買う前に
金運アップのパワースポットへ

十日《とおか》恵《え》比《び》須《す》神《じん》社《じゃ》

商売繁盛の「えびす様」と縁結びの「だいこく様」が祀られています。毎年1月8日~11日に行われる「正月大祭」が有名で、商売繁盛や家内安全のご利益を授かるために多くの参拝者が訪れます。

手水舎

えびす様が手にする鯛の形のオブジェがユニーク。ここから水を汲めばいいことがありそうです。

information

福岡市博多区東公園7-1
電話 092-651-1563
時間 参拝自由(授与所は 9:00 ~ 17:00)
交通 地下鉄千代県庁口駅より徒歩5分
駐車 なし

道
のご利益

交通・海上安全の神様に
道中の無事を祈願

宗像大社《むなかたたいしゃ》

祭神の宗像三女神は日本書紀の中で「道主貴」と記され、あらゆる道を司る最高神。特に交通安全の祈念に多くの参拝者が訪れます。沖ノ島の「沖津宮」、大島の「中津宮」、総社と呼ばれる「辺津宮」。三宮を総称して「宗像大社」と称します。

沖津宮社殿

宗像大社沖津宮遙拝所

沖ノ島は神職以外立ち入れないため、大島島内に遙拝所がある。

宗像大社中津宮

大島に鎮座する中津宮。世界遺産に認定され、"七夕伝説発祥の地"とも。

宗像大社辺津宮

福岡県宗像市にあり、正月の三が日だけで10万人の参拝客が訪れる。

information

宗像大社辺津宮

宗像市田島2331　電話 0940-62-1311
時間 6：00～17：00
（授与所、祈願受付は9：00～17：00）
交通 JR博多駅からJR東郷駅まで約30分、
西鉄バスで東郷駅前から
宗像大社前まで約10分
駐車 あり

宗像大社中津宮

宗像市大島1811　電話 0940-72-2007　時間 終日
交通 東郷駅前から神湊波止場までバスで約20分
神湊港から大島港までフェリーで約25分　駐車 あり

宗像大社沖津宮遙拝所

福岡県宗像市大島1293　電話 0940-72-2007
時間 終日
交通 大島港から大島観光バスで約7分　駐車 あり

さらに福をよぶ
周辺グルメスポット

⛩ 宝満宮竈門神社

人と木

太宰府市内山 609-9
電話 092-929-6639
時間 11：30 ～ 17：30
（食事 OS15：30、喫茶 OS17：00）
定休 月曜、第 2、4 日曜
（日曜、祝日は季節によって変動あり。
お電話にてお問い合わせください）
交通 太宰府駅より
コミュニティーバスまほろば号
内山バス停徒歩 5 分
「宝満宮竈門神社」より徒歩 5 分

自家製
アップルパイと
ハンバーグが
評判のカフェ

宰府まいりの
お楽しみ 焼きたての
梅ヶ枝餅を
いただきます

⛩ 太宰府天満宮

梅ヶ枝餅

太宰府市宰府
定休 不定休
交通 西鉄太宰府駅より徒歩 5 分
「太宰府天満宮」すぐ

参拝の前後に
立ち寄りたい！
参道に並ぶ
松ヶ枝餅の店々

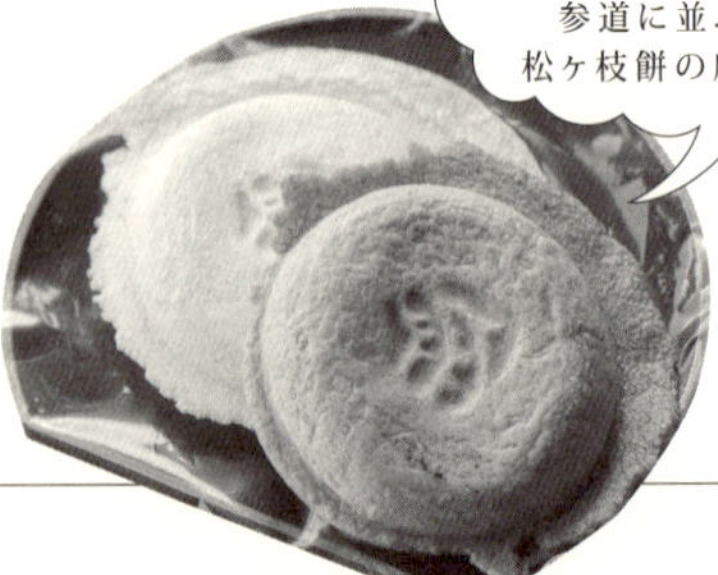

⛩ 宮地嶽神社

松ヶ枝餅

福津市宮司元町
時間 9：00 ～ 17：00
（夕陽の祭開催日は～ 18：30）
定休 不定
交通 九州自動車道古賀 IC より約 20 分
「宮地嶽神社」すぐ

神社を参拝したあとに、ぜひ立ち寄りたい
カフェ＆甘味処をご紹介。
おいしいものを食べて、より幸せになろう♪

北欧雑貨に
囲まれた店内で
本を片手に
リラックス

宇美八幡宮

K'z（ケイズ）

糟屋郡宇美町宇美 4-6-5
電話 080-4693-8845
時間 11：00 ～ 17：00
定休 日曜、月曜
交通 JR 宇美駅より徒歩 4 分
「宇美八幡宮」より徒歩 4 分

シゲちゃんの
焼くおしゃれで
おいしいパンは
どれも絶品！

宗像大社

シゲパン

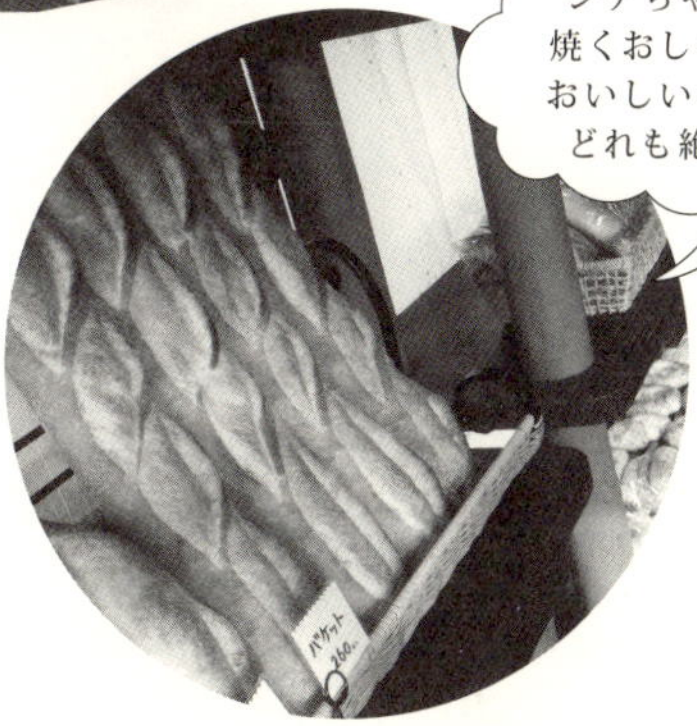

宗像市稲元 1-9-10
電話 0940-36-9855
時間 9：00 ～ 18：00
定休 水曜
交通 赤間駅より徒歩 12 分
「宗像大社辺津宮」より
車で 15 分

厳選された
コーヒーで
ほっとひと息

十日恵比須神社

タウンスクエア コーヒー ロースターズ

福岡市博多区千代 1-17-1
西部ガス本社ビル 1F
電話 092-631-8261
時間 8：00 ～ 19：00、土日祝～ 18：00
定休 年末年始
交通 地下鉄千代県庁口駅より徒歩 1 分
「十日恵比須神社」より徒歩 4 分

装丁・デザイン　エトフ・デザイン・オフィス
イラスト　山極冴子
編集協力（P237〜245）　株式会社コアラ
編集　箕輪厚介
山口奈緒子

本書は「福岡WEB小説　ぴりから」を改稿したものです。

JASRAC　出　1813242-801

ぴりから

私の福岡物語

2018年11月30日　第1刷発行

著　者　堀江貴文・田中里奈・鈴木おさむ
坪田信貴・小林麻耶・佐々木圭一

発行者　見城 徹

発行所　株式会社 幻冬舎
〒151-0051
東京都渋谷区千駄ヶ谷4-9-7
電話　03(5411)6211〔編集〕
03(5411)6222〔営業〕
振替　00120-8-767643

印刷・製本所
中央精版印刷株式会社

ISBN978-4-344-03397-9　C0093
幻冬舎ホームページアドレス　http://www.gentosha.co.jp/

この本に関するご意見・ご感想をメールで
お寄せいただく場合は、
comment@gentosha.co.jpまで。